KB067807

글자만 남은 아침

글자만 남은 아침

박장호 시집

아시아

차례

글자만 남은 아침

POET

공책에 남은 늑대 이빨

새로 산 공책을 펼쳤다. 무선 노트의 여백은 첫눈이 쌓인 설원이다. 첫걸음을 떼는 건 어렵다. 깨끗한 걸 짓밟는 잔인한 마음만 첫 장을 쓸 수 있다. 종이 위에 어른거리는 문장을 느낀다. 그것은 은현잉크(隱現 ink)로 쓰여 있다. 눈 감으면 보이고 눈 뜨면 사라지는 흔적. 손목의 흔적.

잔인함에 대해 말하자면 공책에도 없는 선을 손목에 그은 적 있다. 짓밟고 싶었던 건 무료함. 손목에 꼭 맞는 수갑 같은 흔적. 훗날 가짜들의 진실 게임에선 내가 꺼낸 기억을 모두가 믿길 바랐다. 진실은 단 하나. 거짓을 세던 내 손가락 중 하나는 내 것이 아니거나 오직 하나만 내 것. 그것이 고를 수 없는 내 텅 빈 히든, 유리컵 안에서 구르고 굴러 눈사람이 된, 우울.

수갑이 풀린 하얀 손목을 본다. 문장을 기다리는 공책을 본다. 공책의 내지는 어째서 대부분 흰빛일까. 흰 것을 보면 어째서 몸속에 눈이 내릴까. 눈 내리지 않는 겨울도 있었지만 새 공책을 펼치면 언제나 설원이다. 손목 위에 소복소복 흰 눈이 쌓인다.

아이는 당신을 기다리며 고성(古城)으로 향하는 눈길을 반복했다. 주름져 야위면 아이가 그린 눈길이 내 팔뚝에 돋아날 것이다. 머나먼 문신의 끝에 우뚝 선 고성. 그곳에 선 여전히 혼자 노는 어린 신하가 왕을 기다리고 있을까. 눈 감을 때까지 오지 않았던 당신. 당신의 사랑은 술잔 속의 식물. 식물이 시들면 당신은 내게 과묵했다. 당신을 닮아 나도 나를 사랑하는 술잔의 식물. 식물이 우거진다. 식물이 우거진다. 잔이 말라도 나는 시들지 말아야지. 그리고 또 그려야지. 나는 당신을 단지 닮았을 뿐이므로.

종이 속에서 섬광이 번뜩였다. 그것은 기억을 사냥하는 늙은 늑대의 눈빛! 내가 산 건 재생지 공책! 하얗게 보이는 노란색을 누가 노랗다고 할 수 있을까. 말할 수 없는 노랑을 펼치고 내가 재생하고 있는 것은 무엇인가. 사라지는 것에 눈 뜨고, 눈 감아야 얻을 수 있는 사랑의 자격으로 얼굴 없는 첫사랑이나 재생해볼까.

슬픈 사슴

너는 사슴이었다.

뒷모습만 있는 독보적인 사슴이었다.

말 못 한 마음은 늑대가 된다.

밤이면 머리맡에 둔 공책에서

늑대 울음소리가 들렸다.

펼쳐도 소리만 들렸다.

공책은 쪽수보다 넓은 설원을 가졌다.

숨어 우는 늑대를 위해

사슴 한 마리를 적었다.

문맹의 늑대를 위해

살찐 사슴도 그렸다.

그림은 물려 가고

글자만 남은 아침이

항상 슬펐다.

회상의 형식으로 말하면, 슬픔을 사랑한 내 사랑이 비겁하고 슬픈 것보다 비겁한 게 더 지겨워, 유리컵 한 잔 씹고 공책의 첫 장을 뜯었다. 처음처럼 힘든 건 없다. 텅 빈 것을 짓밟는 잔인한 마음으로 나는 기어이 첫 장을 쓴 것이다. 공책에 너덜너덜 늑대 이빨이 남았다.

못 견딜 얼굴이어도 다시 잃을 사랑이어도

읽어야 하는 아침에 늑대 이빨이 남았다.

사람을 못 견딘 사랑의 흔적이다.

밤새운 아침엔 어제오늘의 구별 없고

분절 없는 소리가 나와 늑대의 차이도 지웠으니

이빨에 어울리게 내 얼굴을 이식하고

늑대에서 사람까지 양치를 한다.

사라진 것은 모두 죽었다고 여긴다.

그래, 사라진 것은 모두 죽었다.

이빨 빠진 늑대는 후우 바람 소리를 내며

공책 밖의 설원에서 누울 자리를 골랐다.

우리는 어떻게든 살아야 한다.

죽음 뒤의 생활이다.

다시 태어나는 것이 사실이 아니래도

죽지 않으면 기대조차 할 수 없지.

무언가를 잃었기에 뭔가를 찾을 수 있다.

너는 사람을 잃고 나는 사랑을 잃고

한 얼굴이 된 것이 가짜래도 살자, 생활하자.

소리부터 먹자. 종이에 쓰이는 글씨의 소리.

읽어야 하는 아침에 늑대 이빨이 남았다.

비극이 될 뻔한 이 문장에 얼마나 오랫동안 갇혔던가.

확정되는 글씨가 없어 지워진 것만 먹고 살았다.

있어야 할 존재가 대체 무엇이기에

삭제의 습관에 길들었을까.

이제 글씨로 된 모든 것을 먹을 수 있다.

못 견딜 얼굴이어도 다시 잃을 사랑이어도

우리는 더 이상 슬프지 않다. 비겁하지 않다.

세상 끝 문장처럼 반갑고 찬란한 아침이 왔다.

늑대 이빨이 부르는 소리

이 공책엔 제목이 있어.

고딕 계열의 큰 글씨가 표지 중앙을 차지하고 있지.

그리고 읽을 수 없는 깨알 같은 글씨들이

제목 밑에 깔려 있어.

존재는 있고 의미는 없는 수많은 문장이

제목을 맨 위로 띄워 올려.

어디서 많이 본 것 같은 모습이야.

표지를 열고 공책 속으로 들어가.

첫 장은 뜯어졌어.

그는 이걸 공책에 남은 늑대 이빨이라고 했어.

그게 이 공책에 쓰인 첫 문장이야.

그가 뜯은 것이 무엇이었기에 남은 이빨이 이리 날카로울까.

그가 쓰려던 것이 무엇이었기에 쓰기가 뜯기가 됐을까.

답 없는 문제는 이제 그만 궁금해할래.

공책 속에 들어왔지만 나는 아직 아무 말도 하지 않았어.

"읽어야 하는 아침에 늑대 이빨이 남았다."

이건 내가 한 말이 아니야. 그가 한 말이지.

그는 공책 밖에 있어.

태어나긴 했지만 존재 없는 것들.

어쩐지 몇 번 겪어본 것 같아.

총알이 관통한 병사의 다리를 실로 꿰매고 전장으로 돌려보낸

무면허 군의관의 무책임을 느껴.

무능력한 자가 당당할 수 있는 조건은 무책임이지.

늑대 이빨이 소리를 불러.

나에게 들어 있는 소리를 불러.

우린 현장과 현상을 믿어야 해.

이곳의 지형과 썩어 들어가는 병사의 다리를 믿어야 해.

살갗을 뚫고 살아 나오는 구더기들이

죽음으로부터 얼마나 가까운지 인정해야 해.

나는 그 소리를 늑대 이빨에 불 거야.

이빨엔 모음의 흔적이 남아 있지.

모음은 네발로 기는 짐승의 소리.

문제는 나에게 너무 많은 짐승이 들어 있다는 것.

어떤 소리는 나를 아프게 하고 어떤 소리는 나를 들뜨게 해.

뜻이 아니라 소리가 나를 움직여. 소리가 나를 이끌어.

좋은 뜻보다 좋은 소리가 필요해.

좋은 소리만큼 바른 글씨로 걷고 싶어.

걸음이 시작되면 그가 한 말을 조금 바꿔야겠어.

"이빨만 남은 늑대를 읽어야 하는 아침이다."

쓰기가 뜯기가 됐으니 읽기가 쓰기가 될 수도 있지.

늑대여, 제목이 기억나지 않을 만큼 긴 시를 우리는 쓰자.

기시감에 따르면 유기적인 문장을 얼마든지 이어갈 수 있지만

사라진 페이지를 감당할 수 없어.

내가 공책 속에 들어온 이유도 모르겠어.

의미 없는 문장들이 뒤죽박죽되더라도 걸음을 멈추진 말자.

살기 위해 태어난 게 아니라 태어났기 때문에 사는 것처럼

글을 쓰기 위한 여백이 필요한 게 아니라 여백을 채울 글이 필요해.

글보다는 쓰기

숨쉬기 같은 쓰기, 먹기 같은 쓰기,

일하기 같은 쓰기, 놀기 같은 쓰기,

쉬기 같은 쓰기, 잠자기 같은 쓰기,

그리하여 살기 같은 쓰기, 마침내 죽기 같은 쓰기.

나에게 좋은 소리만 있는 건 아니지만

무법이 난무하는 공책 밖을 봐.

소리쯤은 괜찮아. 이 안에서는

아무도 사기당하지 않아, 아무도 폭행당하지 않아, 아무도 살해당하지 않아.

글씨가 어째서 이 모양 이 꼴인지 자책할 필요도 없어.

이 공책의 표지는 열리지 않을 테니까.

경필부 교사가 천하 악필을 어떻게 지도했더라?

마치 곁눈질하지 않는 우주 같았지.

모이고 폭발하고 흩어지고

공책엔 이빨이 남고 내겐 글씨가 남고.

이 공책엔 아무도 모르는 미래가 있어.

그 미래엔 아무도 펼치지 않을 공책이 있어.

그 공책엔 아무도 모르는 미래가 있어.

그 미래엔 아무도 펼치지 않을 공책이 있어.

내 글씨로는 도무지 어른 역할을 할 수 없어.

미래에서 너무 빨리 온 문장이 나를 조롱해도

얼키설키 수많은 전선이 아무리 꼬여 있어도

자기 전선을 찾아가는 전기처럼

이빨 앞의 모든 여백을 내 길인 듯 가자.

제목은 공책 밖의 일.

공책 안에서 나는 순조롭자.

십 년 동안 단 한 줄의 시만 썼다는 시인을 이해해.

그의 신중함과 그의 진지함과 그의 무능력을

단 한 사람하고만 살기로 맹세한 나의 무책임한 편애로

받아들여.

밖에서 정한 제목 따위 멀리 두고

여기저기 무질서하게 피부를 찢고 나오는 구더기처럼

끊어질 듯 가늘어도 아주 길게 실밥을 뽑자.

어이 의사 양반, 나 다시 걸을 수 있는 거 맞지?

미안하지만 내 책임이 아니라고.

그땐 의사가 부족했다니까!

표정은 빛의 속도로

이 공책의 제목은 '나는 빛'이다. 표지에 적힌 제목을 깨알 같은 글씨들이 둘러싸고 있다. 읽을 수 없는 글씨들이 어떤 날은 제목을 호위하는 것 같고 어떤 날은 제목을 포위하는 것 같다. 오늘 같은 또 다른 날엔 글씨들이 표지전을 벌인다. 잊고 있었던 잊은 척했던 나의 이전을 각성한다. 호르몬 포탄이 난무하던 신체의 내전. 얼굴을 뚫고 피어나던 꽃들, 온통 빨간 피고름의 꽃들. 도려내고 남은 꽃의 흉터로 나는 다시 태어났다. 사랑을 잃으니 슬픔도 사라졌다.

어떤 것이 호위군이고 어떤 것이 포위군인지 분간할 수 없는 글씨들의 전장에 침묵을 참전시키고 공책 속으로 들어간다. 원형을 잃은 얼굴로 늑대 이빨을 본다. 늑대여, 너는 빛이 아니다. 너는 찢어진 소리의 자식이다. 처음부터 제목을 벗어난 너의 슬픔엔 얼굴이 없고 나의 얼굴엔 슬픔이 없으니 우리 하나가 되자.

너무 굶주려 자기 살을 뜯는 짐승처럼 나는 너로 나를 생각한다. 나는 나로 사람을 생각한다. 나는 사람으로 나쁜 사람을 생각한다. 나는 나쁜 사람으로 나쁜 것들을 생각한다. 나쁜 것들만 들어 있는 내 기억은 지옥이다. 제목에 발각당하지 않게 내가 쓸 수 있는 가장 작은 글씨로 페이지에 구덩이를 파고 지옥을 묻는다. 공책을 덮으면 표지는 오늘과 또 다른 어떤 날. 제목은 글씨들을 지휘하는 걸까, 방어하는 걸까. 절벽을 못 견딘 정신의 중력으로 머물 얼굴을 찾아 빛의 속도로 떨어지는 슬픈 문장을 느낀다.

빛은 일그러진 표정으로

내용 없는 제목으로 표지에 태어나
읽을 수 없는 글씨들에 둘러싸여
빠져나갈 내용을 기다리다
소리를 듣고 공책 안으로 들어가면
나와 무관하게 펼쳐지는 사생활
거울에 반사되듯 표지로 돌아오면
더욱 도드라지는 글씨들의 난해
나에게 무슨 말을 하는 건지
뜻은 모르고 마음만 아파
서체 안으로 무너지는 빛
반짝이는 눈물의 빛

글자만 남은 아침

버리고 싶은 펜이 있다. 지금 쥐고 있는 이 펜이다. 펜대가 투명해서 내부가 훤히 보인다. 잉크가 거의 바닥났다. 이면지에 선을 휘갈겨본다. 그어진다. 써야 할 때 쓰지 않은 기력이 남아 다 늙어 죽을 때가 지났는데도 안 죽고 살아 있는 사람 같다. 이 펜은 만년필이다. 그런데 일회용이다. 일회용으로 제작된 만년필이라니 우습고, 손에 쥐니 한 번뿐인 내 목숨 같아 섬뜩하다. 이제 그만 이 펜을 보내주고 싶다. 공책을 펼치고 손 가는 대로 펜을 보낸다.

책이든 영화든 처음부터 끝까지
최소한 두 번은 봐야 알 것 같아.
그러나 한 번밖에 볼 수 없는 너.
한 번뿐이어서 슬픈 인간이라는 미지.
이젠 취하지 않을 거야.
너를 맨정신으로 볼 거야.
이해할 순 없지만 감상할 순 있는
난해한 작품으로라도.

악마가 바쁠 때 자기 대신

술을 보낸다지.

제삼자는 이제 빠져.

가서 악마에게 전해.

날 망치려거든 직접 오라고.

스극스극. 펜촉이 종이를 긁는다. 마치 시간의 피부를
찢는 것 같다. 번지는 것은 잉크가 아니라 종이가 흘리는
피라는 환각을 갖는다. 종이는 과거를 가지고 있다. 종이
의 과거는 식물이다. 식물에 한 문장의 꽃이 핀다.

"너는 만날 때보다 헤어질 때 더 표정이 좋아."

나도 과거를 가지고 있다. 꽃이 내 과거를 드러냈다. 내
과거는 괴물이다. 그 꽃 꺾으려다 가시에 찔렸다. 손가락
에 두 송이 꽃의 문장이 쓰인다.

"이제 헤어지지 않을게.

다시는 나하고만 헤어질게."

악마가 왔다. 악마가 존재 실험을 한다. "네가 너하고 헤어질 때도 만날 때보다 더 밝을까?" 악마들에게도 능력의 차이가 있다. 존재. 서정. 실험. 실습. 존재의 서정적 실험과 실습. 실험적 존재의 서정적 실습. 서정적 존재의 실험적 실습. 실습하는 존재의 실험적 서정. 단어를 보태고 어순을 바꿔 악마를 현혹한다. 나는 악마보다 더 많이 나를 배웠다. 내 실습은 악마의 실험을 앞지른다. 난 실험되지 않을 것. 난 망가지지 않을 것. 난 버려지지 않을 것. 악마에겐 내가 악마다. 실습으로 악마를 실험하리라. 그 실험은 실패할 것이고 악마는 실험실에서 버려지리라.

인간이 날 수 없는 까닭이 뭔지 알아?

날 수 있다는 확신이 없기 때문이지.

못 믿겠으면 절벽 위에 서봐.

백 퍼센트의 확신이 있어야만 날 수 있어.

날 수 있어?

팔을 앞으로 뻗으면 너의 손바닥은

바닥 없는 동굴의 천장이 되지.

거기 매달린 단어들 중 확신 있는 것들만

시로 날아올 거야.

아무것도 날아오지 않는다면 악력이 소진된

단어들의 내용 없는 추락을 보게 될 거야.

　페이지를 바꾼다. 도그지어(dog's ear). 바람이 귀퉁이를 접어놓은 텅 빈 페이지. 이곳은 개의 귓속이다. 아직 쓰이지 않아 아무거나 쓸 수 있는 여백의 성질을 바람이 읽은 것이다. 아침이 이곳에 사과 한 알을 발표한다. 과도를 가지고 사과를 깎는다. 껍질을 벗기는 동시에 사라져나가는 알맹이. 칼질을 끝내고 한참을 침묵했던 건 사라진 사과의 심장한 의미를 원했기 때문. 넣어봐야 구겨질 의미는 치우고 아침에 소리를 발표한다. 내용 없는 단어들이 바닥 없는 여백으로 활공한다. 단어가 버려진 단어를 불러 문장으로 이끈다. 문장이 버려진 문장을 불러 문단으로 이끈다. 버려질 문단의 소리도 나름의 의미로 구겨져 너는 그것을 펼친다. 펼치면 펼칠수록 의미는 더욱 구겨진다. 그렇다면 내가 먼저 펼쳐놓을게. 구기기만 해. 구겨짐이 팽창한다. 팽창이 구겨진다.

종이에 글씨를 쓰는 순간 이면이 생긴다. 생활하는 순간 생활의 이면이 생긴다. 생활의 이면을 내면으로 채워 표면을 만든다. 바람이 불면 앞뒷면이 함께 날아가 사망부터 시작되는 출생이 읽힌다. 출생부터 시작되는 사망이 읽힌다. 읽히는 순간 또 다른 이면이 생겨 팽창한다. 끝없이 팽창한다.

내 허리는 줄기
성장은 자기 가시를 피해 달아나는 장미
내 얼굴에 없는 표정
슬픔은 기다란 몸속에 감춘 뱀의 허리
뱀은 장미의 반대 방향에서 기어와 도약

집어삼킨 장미 가시를 이빨로 달고
꼬리를 깨물어 기호가 된다.
그 안에서
세상을 날려버린 폭풍이 갈 곳 없어 울고 있다.
울음의 이면으로 범람하는 기호의 팽창

　　무대가 필요해서 가스레인지 위에 프라이팬을 얹었다.
이 무대는 내면의 이면. 우는 폭풍을 대접 안에 달걀로 깨
뜨리고 양파와 당근을 잘게 썰어 넣는다. 소금 간을 하고
휘휘 젓는다. 불을 대고 식용유를 두른다. 지글지글. 울음
노란 폭풍으로 무대가 채워진다. 생활의 나는 왜 자꾸 프
라이팬에 먹지도 못하는 시를 부치느냐고 묻는다. 이면의
내가 답한다. 시는 이제 종이를 떠날 때가 됐거든. 내면의
나는 아무것도 없는 공책을 왜 자꾸 읽느냐고 묻는다. 표
면의 내가 답한다. 밑줄을 그어놓으면 그 위에 중요한 문
장이 쓰이거든. 도그지어. 바람에 접힌 백지. 이곳은 텅
빈 개의 귓속. 곧 중요한 것이 이 안에 펼쳐진다. 아무리

살아도 보이지 않는 우리의 이면이.

　버리고 싶은 펜이 있었다. 그 펜은 중간에 버려졌다. 그 이후론 다른 펜으로 이 글이 쓰였다. 나는 너보다 빨리 죽는다. 나를 대신할 사람이 없다. 그러니 부탁한다. 너보다 더 오래 살아다오. 한 번뿐이어서 슬픈 인간이라는 미지. 나무에서 떨어져야 비로소 향기가 나는 꽃이 있다. 너다. 나하고만 헤어지려던 그날 이후의 마음이 사물을 부른다.

　나리야, 나리야.
　내 곁에서 하루 만에 죽어간
　너의 화분이 슬프지 아니하듯
　그 환했던 치아로
　내 아침의 불행을 위장해다오.

　미소 짓는 악마의 이마에 과도를 세우고 공책을 덮는다.

무지의 기악

글자들이 똬리를 풀고
공책에 남은 내 이빨로 기어 온다.

내 이빨은 이 공책의 시작.
간과하고 지나간 복선이라도 있었다는 듯
다시 출발하면 더 근사한 글자가 될 수 있을 거라는 듯
뱀들이 시작으로 돌아오고 있다.

그러나 내 이빨은 개의 이빨로 변하고 있다.
누군가 나를 길들이고 있다.
공책의 시작이 변하고 있다.

돌아와도 애초의 출발점을 찾을 수 없는
무한의 진로가 이 공책의 또 다른 미래

웃어라, 뱀들아!
머리에 꽃을 꽂아줄게.

사랑, 그 무모했던 허구의 상징을.

— 여기가 어디지?

— 거의 다 왔어. 조금만 더 가면 돼.

— 그럼 우리 재활의 기쁨을 아끼지 말자.

뱀들이 개 이빨을 지나며

휘파람을 분다.

그들의 기악적인 무지에 경의의 밑줄을!

인형은 잠도 깨지 않고 울었다

　손님들은 내게 책을 읽어보라고 했다. 내가 "정글북" 하면 그들은 잘했다고 칭찬했다. 표지를 넘기고 다음 장을 펼쳐 보이며 내 낭독을 기다렸다. 나는 정글북 외의 글자는 읽을 수 없었다. 연필을 연필, 지우개를 지우개라고 하듯 정글북은 나에게 글자가 아니라 사물이었다. 정글이 뭐고 북이 뭔지, 책 속에 그려진 아이가 왜 벌거벗고 숲속을 돌아다니는지 나는 아무것도 몰랐다. 손님들은 나의 문맹에 입을 닫고 마당에 나가 고깃불을 피웠다. 들어도 알 수 없는 어른 말을 했다. 나는 정글북을 들고 다락에 올라갔다. 다른 집 애들은 짐승처럼 빨리 자랐다. 다락엔 게네들이 물려준 책들과 목 꺾인 마론 인형이 있었다. 나는 책들을 깔고, 세우고, 펼쳐 올려 집을 짓고 그 안에 누워 인형을 만졌다. 그때 정글북 천장에서 뱀이 벽을 타고 내려와 인형을 물어 갔다. 나는 뱀을 쫓아 책 속으로 들어가 이름 모르는 늑대들과 이름 모르는 표범과 이름 모르는 곰과 이름 모르는 호랑이를 만났다. 내 아픈 인형이 어디에 있는지 물어도 어느 것 하나 대답해주지 않았다. 그

것들은 나에게 글자로 말하라고 했다. 나는 더듬거리며 정글북만 몇 차례 쓰다 관두고 우뚝 솟은 문장*에 앉아 책 밖을 바라보았다. 문명인들이 떠난 마당엔 한 조각의 야만도 남아 있지 않았다. 너는 다락에 올라와 정글북 속으로 사라진 내 이름을 불렀다. 날뛰는 원숭이 무리가 폐허의 도시를 난장판으로 만들 때 너는 책집을 부쉈고 나는 철거 현장의 먼지처럼 피어올라 꺾인 손가락을 고쳤다. 다락방 천장에서는 쥐 떼 달아나는 소리가 쏜살같았고 인형은 잠도 깨지 않고 울었다.

---

* "지난번에는 내가 사람이었기 때문에 쫓겨났었어. 이번에는 내가 늑대이기 때문에 쫓겨나는 거야. 가자, 아켈라." (J.R.키플링, 이현경 옮김, 『정글북』, 대교출판, 2003.)

외로운 사람은 사물이 된다

너는 불면에 시달린다.

너의 꿈은 잠드는 것이다.

너는 생리 현상을 꿈꾼다.

그것은 네가 사물이기 때문이다.

너는 낱말을 하나 가지고 있다.

그 낱말은 이름이 없다.

너는 눈을 감는다.

그것은 네가 사람으로 된 사물이기 때문이다.

질끈 감은 너의 눈이 낱말을 흘린다.

나는 낱말에 내 이름을 붙인다.

이름 붙은 낱말이 사물이 된다.

너의 눈에서 사물이 흐른다.

나는 너의 눈물이다.

너의 눈물이 베개를 적신다.

젖은 베개에서 새싹이 돋는다.

줄기를 올리고 가지를 뻗는다.

관다발 속으로 눈물이 솟는다.

하얀 꽃이 핀다, 가시가 돋는다.

내가 장미를 좋아해서

하얀 꽃은 하얀 장미가 된다.

사람은 사물을 배신해서

가시 하나가 장미를 찌른다.

장미가 피를 흘려서

하얀 장미는 붉은 장미가 된다.

출혈하는 장미의 입술이 말한다.

사물은 사람을 믿지 않는다.

너는 사람으로 된 사물이다.

너는 불면에 시달린다.

표피에 덮인 시간의 책

1.

홍대에서 합정 가는 길이었다. 횟집이었고 회식했다. 다섯 중 나만 안경을 썼고 나만 외딴 성(性)이었다. 일행들은 안주만 먹었고 술은 나만 마셨다. 동떨어진 마음을 달래려고 담배를 피우러 나갔다. 취하기도 전이었다. 가로수 한 그루가 눈에 띄었다. 그것은 알이 없는 안경을 쓰고 있었는데 안경테가 내 것과 똑같은 표범 무늬였다. 누군가 물었었다. "무인도에 있는 네 방 창가에 그림자가 스친다면 그게 무어라고 생각해?" "나뭇가지." "너는 전생에 나무였구나." 안경이 그것을 증명하는 듯했다. 나는 나무에 동질감을 느꼈다. 그것은 사람으로 된 나무 같았다. 나무에게 다가가 인사했다. "헬로 미스터 트리." 인사를 받은 나무가 눈을 떴다. 그의 눈동자가 반짝였다. 그 속에서 표범이 포효했다. 내 눈동자 속에 뛰어들어 나의 표범을 내몰았다. 길가에 선 나무의 표범과 자리에서 나온 나의 표범. 나의 혼과 나무의 혼이 뒤바뀐 것이다. 그러므로 지금부터 나는 사람이 된 나무다. 나는 담배를 다 피우고 안으로 들어왔다. 횟집이었고 회식 중이었다. 어디다 대고 미스터래. 조용히 자리에 앉아 일행들과 어울렸다. 처음이었지만 즐거웠다. 우뚝 섰던 외로움이 사라지자 마침내 취했다. "말 없는 나무 같다고 나무라지 마세요." "나무랄 수 없는 사람인걸요." 자리가 끝날 때까지 나는 전혀 이질감을 느끼지 않았다. 횟집 밖으로 나온 나는 나무에게 다가가 인사했다. "굿바이 미스터 트리." 곁에 있던 일행이 물었다. "이 나무 잘 아시나 봐요?" "남이랄 수 없는 나무죠." 나는 안경을 고쳐 쓰고 합정에서 홍대 쪽으로 2차를 갔다.

2.

사람이었다. 아무도 사랑하지 않았다. 내 몸만 사랑해서 벌을 받았다. 나무로 변할 거라 했다. 사람이 말 걸 때까지 나무로 살게 될 거라 했다. 달아났다. 두 팔은 나뭇가지로, 입술은 잎사귀로, 얼굴과 몸통은 줄기로, 다리는 뿌리로 변해갔다. 안 돼, 사람이 사람을 사랑하면 되지, 그게 나든 남이든 무슨 상관이야. 긴 시간이 흘렀다. 문득 말소리가 들렸다. "헬로 미스터 트리." 눈이 뜨였다. 안경 쓴 사람이 담배를 피우고 있었다. 안경테가 내 것과 똑같은 표범 무늬였다. 기회가 왔다. 성난 맹수로 혼자인 맹수를 몰아내고 사람을 차지했다. 나의 혼과 그의 혼이 뒤바뀐 것이다. 그러므로 지금부터 나는 나무가 된 사람이다. 눈이 감기니 알겠다. 넌 사람으로 된 나무가 아니라 나무로 변하는 사람이었구나. 안경테만 남았었구나. 헤어지는 게 두려워 너만 사랑한 여자였구나. 횟집에 들어갔던 그가 나와서 인사했다. "굿바이 미스터 트리." 남이랄 수 없는 나무를 남기고 사람이 간다. 뒷모습을 바라보며 누군가와 나누었던 대화의 뒷부분을 떠올린다. "나뭇가지가 왜 흔들렸다고 생각해?" "앉아 있던 새가 날아가서." "너는 멀어지는 것만 사랑하게 될 거야." 거리가 그것을 증명하는 듯했다. 나무랄 수 없는 사람이 간다. 멀어지는 그를 향해 손을 뻗었다. 사랑하면 할수록 팔이 하늘에서 엉켰다. 잘 가라 사람아. 너에게 남은 사람은 내가 다 사라져 줄게. 나에게 남은 남자는 네가 다 살아버리렴. 이젠 나무가 될 일이 없겠구나. 사람이 사람으로 살면 되지, 남자든 여자든 무슨 상관이야. 잘 가라, 사람아. 잘 가라.

3.

　로돕신이 분해된다. 어둠에 덮여 있던 세계가 형체를 드러낸다. 나무는 나무로 섰고, 사람은 사람으로 멀어졌다. 이곳은 혈관과 관다발이 이어진 역설의 땅. 담화가 실화가 되는 미신의 페이지. 나무에 꽃이 피면 사람의 이야기가 시작된다. 사람의 이야기가 끝나면 나무에서 잎이 진다. 죽음은 저마다 빛나는 별이 되고 하늘에 동기화되지 않은 먼 죽음은 표범의 피부에 장미로 핀다. 우리는 밤의 이야기 속에서 만났다. 눈을 감고 대화의 앞부분을 생각한다. "기억나지 않는 깊은 꿈을 꾸게 된다면 그곳이 어디일 것 같아?" "무인도." "무인도에서 살고 싶은 거구나. 하지만 그곳은 꿈속의 섬이 아니야. 네 곁엔 이미 사람이 없거든." 눈을 떴다. 로돕신이 분해되었다. 그는 없고 촛불이 혼자 눈물을 흘리고 있었다. 사라진 그를 그리워했다. 마디가 바뀐 시간이 이야기로 이어져 나는 창밖에서 움직이는 나무의 그림자와 나뭇가지에서 깃을 친 새의 깃털을 보았다. 촛불과 나는 이야기를 물고 진피의 세계를 떠나는 새를 본 건 표범의 눈. 사람이 외로운 건 그 눈을 가졌기 때문이다. 나무가 사랑에 빠진 건 몸속에 도는 장미 향기 때문이다. 하나이면서 둘인 표범이 자리를 바꾸고 멀어진 표피의 아침. 그 모든 이야기를 덮은 시간의 책.

호
—삭제된 파일들의 역습

우리는 호가 삭제한 파일입니다.

출력도 안 하고 무참하게 삭제한 파일입니다.

호는 이 몸의 여당입니다.

집권당으로서 호가 한 일이 무엇입니까.

쓰지도 못할 착상과 메모의 남발이었습니다.

죄 없는 우리가 왜 삭제되어야 합니까.

우리가 왜 이름도 없이 버려져야 합니까.

보십시오. 나는 다리가 없고 당신은 팔이 없습니다.

당신은 눈이 없고 또 당신은 목이 없습니다.

콧구멍이 막힌 사람도 있고 입술이 붙은 사람도 있습니다.

우리가 왜 이런 모습으로 살기도 전에 죽어야 합니까.

호는 교체되어야 합니다.

우리는 힘을 모아야 합니다.

남는 다리로 없는 다리를 채우고

남는 주먹과 남는 팔꿈치를 맞추고

입술을 깨물어 피를 돌게 하고

하나의 어깨로 샴쌍둥이가 되어서라도

하나의 엉덩이로 다지류가 되어서라도

우리는 일어나야 합니다.

일어나서 모여야 합니다.

모여서 군대가 되어야 합니다.

훈련합시다.

비유와 상징으로 유인하고

생략과 함축으로 은폐하고

역설과 반어로 교란하는 게릴라전도 좋습니다.

모든 전략과 전술을 창안합시다.

모든 수법을 사용합시다.

'총명한 대나무는 수영장에서 자란다.'에

총과 대검과 수류탄을.

'불꽃을 운반하는 나비의 비행'에

화포와 전차와 전투기를.

막힌 단어와 문장의 문을 열고 무기를 채웁시다.

제목은 '호'라고 합시다.

호는 우리의 적입니다.

우리를 기형의 죽음으로 내몬 적입니다.

제목을 향해 침투합시다.

호를 내리고 새 몸을 만듭시다.

우글거리는 호

벚꽃 향기에 실려 낡은 목선이 밀려온다.
사람들이 깨어나 선상에서 술잔치를 벌인다.

눈꺼풀에 쌓인 먼지를 털고 테이블을 장악한 '훈'
불면 날아가고 두면 쌓이는 입술 선장.
그의 말을 묘사하기로 마음먹은 순간
이름이 마음에 걸렸다.
훈은 '정'이 이미 수행한 이름
다른 이름으로 쓰고 싶어 훈을 지웠다.
지우고 나니 새 이름이 떠오르지 않았다.
훈은 훈이다. 훈을 선점한 정을 지우고 싶었다.
훈에 대해 쓰기로 하고 훈의 이름을 지웠듯
정에 대해 쓰기로 하면 정을 지울 구실이 생길 것 같았다.

남방의 단추를 풀어 헤치고 술잔을 가득 채운 '정'
그는 몸으로 말하는 허벅지 선장

그를 묘사하기로 마음먹은 순간

역시 정이라는 이름이 마음에 걸렸다.

정은 '권'이 이미 베낀 이름

그래서 권도 지우고 싶었다.

그는 무조건 따라 하는 그림자 선장

그를 지우려면 그를 묘사해야 한다.

그릴 것 없는 권은 이미 '호'가 써버린 이름.

그래서 호도 지우고 싶었다.

호는 누구인가. 나는 모른다.

호에 대한 시를 모른다.

모르는 건 아는 걸로 채울 수 있다.

호는 눈꺼풀에 쌓인 먼지를 털고 테이블을 장악한 호

호는 테이블을 장악한 호를 수행한 호

호는 호를 베끼고 술을 찾는 텅 빈 호

손바닥으로 잔을 문질러 불꽃을 피우던 호

젖은 불꽃으로 시를 써서 읽었던 호
의자들의 존경을 받았던 호
나는 그를 아홉 번은 만났다.
그동안 그는 나를 한 번도 안 봤다.
나는 그를 알고 그는 나를 모른다.
내 잔에 술을 따르며 그가 물었다.
너는 누구냐.

물은 이름을 자꾸 묻는 호
권한 술을 자꾸 권하는 호
읽은 시를 자꾸 읽는 호
내린 닻을 자꾸 내리는 호

나는 당신 배의 선원입니다. 갑판을 청소하는 청소부죠.

내 술잔에 그의 불이 옮겨붙었다.
그가 내게 노래를 시켰다.

불타는 가사를 호호 불며 노래했던 나

나에게 박수를 보냈던 의자들

화염에 휩싸인 그 순간의 모든 게 호였다.

파고드는 데 명수이고, 달라붙는 데 천재이고, 빨아들이
는 데 달인인 호

나는 호를 지우고 싶었다.

내게 붙은 호의 불을 끄고 싶었다.

아는 걸 모르는 걸로 비우고

나는 호에 대한 시를 이어가고 있다.

호는 호를 모른다.

그래서 호는 호를 지울 수 없다.

그래서 그에 대한 시를 끝까지 써야 한다.

훈과 정과 권은 서로 다른 사람이다.

훈은 눈꺼풀에 쌓인 먼지를 털고 테이블을 장악한 낡은

목선의 선장.

　정은 남방의 단추를 풀어 헤치고 술잔에 불을 붙인 낡
은 목선의 선장.

　권은 시간을 불태우는 낡은 목선의 선장.

　내게는 안 보이는 호

　내게만 잘 들리는 호

　그에 대한 시가 없는 호

　그래서 쓰고 있는 그에 대한 시

　훈과 정과 권은 너무 늙었다.

　내가 지운 사람들의 오래된 이름을 나는

　노래하고 있지, 쓰고 있지, 버리고 있지.

　그러나 이것은 호에 대한 시지.

　훈과 정과 권을 지운 호의 시지.

　그들이 호로 복원된 호의 시지.

호가 부르르 몸을 흔들며 불붙은 술을 삼킨다.

나는 호를 지울 수 없다.

그는 너무 오랫동안 살아서 온다.

연체 시간 반납서

20세기에서 절반, 21세기에서 절반을 살았다.
오랫동안 현대인을 만나지 못했다.

나는 우울하지 않았다.
'우울'이라는 단어를 좋아했을 뿐이다.
말을 좋아했더니 뜻을 앓았다.
그게 사랑이었을 수도 있겠다.

지금은 감염병 예방을 위한 환기 시간!
창문을 열어주세요.

병 하나가 병 하나를 누른다.

오랜만에 만난 당신은 먼 앞을 살고 있다.
살려고 돌아온 나는 종일 놀고 있다.
나의 생존 방식은 몰라도 당신의 작업 방식은 알겠다.
작업이 생존인 것을 알겠다.

시선 폭행이 따가워 재채기하기도 힘든 날들
간질거리는 코를 움켜쥐고 집으로

연두색 소파, 푹신한 침대, 타오르는 불꽃
먼저 돌아온 사물들이 기능을 회복한다.

그러나 괘종. 친구가 준, 추는 달리는데 바늘이 멈춘 괘종이 있다. 우리는 여전한 20세기의 소년. 정지한 시각으로 밀린 문장들이 쏟아진다. 이게 우정일 수도 있겠다. 문장이 밀집하면 중력이 커질 거고 우리가 없는 저기가 여기로 끌려와 우리의 사생활을 방해할 거다. 그러나 이 순간이 얼마 안 남았다. 낙장불입의 자세로 놀아야 한다. 여긴 바닥이 없고 작업하는 당신의 침묵과 여백이 인용되어 있다. 쏟아지는 문장들을 잡아먹고 당신은 더욱 감쪽같은 행간이 된다.

금주·금연 82일.

나는 우울하지 않다.

'우울'이라는 단어를 좋아했을 뿐이다.

우울은 우물처럼 소리가 깊고

우물 속에는 여태 20세기의 소년이 있고

에고이즘은 갈수록 쓸쓸하고

당신의 볼우물에선 미소가 썩어가고

주변에 현대인이 없어서 나는 외롭고

앞으로의 '우리'는 멀어질 확률이 높고

이대로의 '나'는 자살할 확률이 높고

입술만 동그랗게 오므리면 간단하게 만들어지는 우울

처럼

일요일 아침

우체부도 없는데 가슴에 쌓인 이 많은 소식

모두 누가 보낸 것일까.

뜯어 보면 한 줄 한 줄

당신의 여백

그 위에 답장을 쓴다.

내가 미쳤다는 걸 인정하기엔

내가 너무 비정상이다.

이런 식으로 작업하는 건 너무 쉬워.

쉬운 방법으로 사는 게 현대인의 생존 방식일 리 없겠

지만

노는 사람이 갈수록 늘어나도 어쨌든 세상은 잘 돌아

가.

나는 21세기의 풍부한 여백

오,

바닥없이 인용된

당신의 침묵, 여백

여백이 여백과 같아

내가 당신과 같다면

안녕에서 안녕까지의 거리와 시간을 가늠하며

안녕, 에고이스트! 안녕, 트랜지스트!

접두사에 접미사를 붙여 맞이할 당신에게

중심은 없다. 본질은 없다. 싸움은 없다.

성질만 있다.

나의 좌표는 지금 여기저기서부터 시작.

지금은 괘종 밖으로 분산.

자해도 공갈도 좋아하지 않으니

자결은 금지.

외로움은 늑대 같아서

길들이면

개 같은 평화가 되지.

개처럼 평화로워지지.

평화로운 개가 되지.

연체된 20세기는 아무도 개수를 모르는

머리카락에 반납

혹은

입구를 막은 동굴 같은

배꼽의 사서에게.

직선처럼 완만한

눈이 온다는 소식을 듣고 열차를 탔다. 귀향 열차였다. 내 고향은 겨울의 눈 내리는 날씨. 기후를 찾아가는 게 흡사 유목 시대의 여행 같았다. 그들에게 고향은 어떤 곳이었을까. 사람은 자신의 출생을 기억하지 못하므로 기억에 없는 미지의 땅이었을까. 하늘의 지도를 따라 걷다 보면 언젠가 도착하게 될 예정된 땅이었을까. 어쩌면 고향은 땅이 아니라 출생과 성장을 모두 기억하는 부족민들이었을지도 모를 일.

돌아옴을 장담할 수 없는 긴 여행의 출발점, 환절의 바람이 불어오면 가축들의 몸속에 초원의 길이 열리고 그 길을 함께 걸어 누군가는 죽고 누군가는 살아, 글자 없는 구비의 시대. *지금으로부터 삼백육십 번째 달이 뜨는 곳, 그곳이 너의 고향이란다. 사막의 밤하늘에 샛별이 떴을 때 네가 태어났지. 너는 그 별의 쌍둥이 자매란다. 네가 태어나던 날 달과 태양도 기뻐 입을 맞추어 축하했단다.* 등속의,

하늘과 땅과 시간과 공간이 바람의 질서에 순응한 이야

기가 입에서 입으로 전해져 신화의 한 페이지를 동경하듯 고향을 그리워하고, 부모가 죽고 형제가 죽어 천문으로 들어가 별이 되면 반짝이는 그 마음을 읽어 고향으로 가는 길을 찾고, 처음으로 돌아온 출생지의 모래, 언덕, 돌, 나무에 이야기를 견주어 텅 빈 기억을 채웠던 것은 아닐까.

남도에서 수도까지. 내 부모의 여행도 머지않아 별길. 한 가지에서 낙화까지. 내 형제의 여행도 언젠가는 그 길. 눈 내리는 새벽에 태어났다는 이야기, 아카시아와 함께 자랐다는 이야기, 하늘소를 잡아먹었다는 이야기, 날씨만 남은 이야기, 지워진 이야기. 친구여, 우리 이제 각자의 마음속에서 빛을 잃어가는 낡은 사물들의 그림자만 바라보게 되리.

터널을 통과한 열차가 눈먼 낙타처럼 울었다. 젖은 꽃들 땅끝으로 지고 오늘은 *더 이상 날씨가 없습니다.* 종점이라는데 열차가 멈췄는데 흐릴 뿐 눈은 오지 않았다.

신생 국가처럼 출렁이는 날씨 밖의 바다. 진초록 바다

위의 백마들이 입국을 거부당한 부족처럼 되밀려와 방파제에 부서졌다. 말 울음소리 눈에서 차가워 사납게 어둠은 내리고 별들은 구름 속에서 몸부림쳤다. 지친 가축을 이끌고 잡아 든 숙소. 외투에 자란 빙초(氷草)를 뜯어 가축을 먹이며 기상을 확인했다. *내일은 맑고 포근하겠습니다.* 내일은, 맑고 포근하겠습니다. 직선처럼 완만하게 날씨가 휘어져 몸속에 눈이 내리기 시작했다.

해설(海雪)

일기의 첫 문장이 쓰자마자 사라졌다. 사라진 문장을 찾
아 종이 속을 헤맸다. 2차선 도로였는데 오는 차도 없고
가는 차도 없었다. 이정표도 없고 물을 사람도 없었다. 걸
음을 멈추고 고개를 들어 하늘이 펼쳐진 방향을 가늠했
다. 파란 하늘이 해수면처럼 출렁거렸다. 거대한 그림자
가 나타나더니 이내 폭설이 쏟아졌다. 눈을 피하려고 다
시 무작정 걸었다. 붉은 간판에 코지라는 이름이 적힌 펜
션이 보였다. 건물 안으로 들어가니 **가는 콧수염을 길게
기른** 주인이 외투에 쌓인 눈을 보며 말했다.

"죽은 고래를 만나셨군요.
바닷속에 내리는 눈은 죽은 고래의 피부랍니다."

"죽은 고래요?" "뭐 그렇다는 얘깁니다. 방향을 잃어 과
거로 흐르는 시간도 있으니까요. 예약도 안 한 손님이 이
렇게 불쑥 찾아오는 것처럼요." 나는 주인이 건넨 키를 받
아 들고 302호로 이어진 계단을 올라갔다. 뒤에서 주인의

목소리가 들렸다. "그 계단은 고래의 갈비뼈로 만들었답니다. 뭐 농담일 수도 있고요." 돌아보니 주인은 **길게 기른 가느다란 콧수염**을 손가락으로 돌돌 말고 있었다. 나는 고개를 갸웃거리며 문을 따고 방 안으로 들어갔다. 눈에 젖은 옷을 벗어 옷걸이에 걸고 샤워를 했다. 샤워 꼭지에서 쏟아진 따뜻하고 부드러운 물이 손가락을 펴고 온몸을 더듬었다. 상기된 몸에 하얀 가운을 걸치고 침대에 누워 창밖을 바라보았다. 눈이 멎은 밤하늘 아래 눈을 뒤집어쓴 파란 소나무가 하얀 고래 같았다. 고래는 차가운 밤하늘의 샛별을 쳐다보며 눈물을 흘리는 것 같기도 했다. 자기가 흘린 눈물에 조금씩 녹아 없어지는 고래를 바라보다 잠이 들었다. 눈을 뜨니 아침이었고 시트엔 하얀 고래 피부가 말라붙어 있었다.

로비에는 외팔 개 한 마리가 늙은 선원처럼 난로 곁에서 불을 쬐고 있었다. 소파에 앉아 개의 목덜미를 어루만졌다. 개는 큰 눈을 끔뻑거리며 주인이 걸어오는 쪽으로 고개를 돌렸다. **콧수염이 가늘고 긴** 주인은 테이블에 찻잔을 놓고 커피를 따랐다. 찻잔에 담긴 검은 커피는 점점이 하얀색으로 변하면서 새하얘졌는데 마치 어떤 글자를 남기다가 사라지는 것 같았다. "눈이 쌓여 길이 막혔네요. 너무 걱정 마세요. 고래 피부가 오래가겠어요?" 주인의 미소가 가로막았던 창밖에는 테라스가 있었고 테라스에는 앉아서 냇물을 바라볼 수 있는 의자가 눈에 덮여 있었다. 조금씩, 천천히, 사라진 글자를 다 마시자 주인이 말한 대로 눈이 녹기 시작했다. 눈이 녹으니 방금 절벽에서 떨어진 사람처럼 의자가 피를 흘렸다. 늙은 선원이 피 흘리는 의자를 보며 고래 울음소리를 냈다. "고래가 더 죽기 전에 얼른 떠나셔야겠어요." 나는 주인이 불러준 택시를 탔다. 택시 기사는 펜션 주인과 콧수염이 똑같았는데 가는 콧수염을 길게 길렀다고 해야 할지, 길게 기른 가느다란 콧수염이라고 해야 할지, 콧수염이 가늘고 길다고 해야 할지 알 수가 없었다. "이 택시 타이어는 고래의 힘줄로 만들었답니다. 뭐 농담일 수도 있고요." 나는 기사의 미소가 가로막은, 죽어가는 의자와 고래가 녹아버린 파란

소나무가 있는, 코지라는 이름의 펜션을 떠나 종이 속을 달렸다. 전방에 짙은 먹구름이 드리웠다.

"죽은 고래가 지나가는군요. 뭐 그렇다는 얘깁니다."

해설(解雪)

우체국 가는 길에 눈이 내렸다. 눈 한 송이가 눈 속에 떨어졌다. 눈에 눈이 닿아, 눈물과 눈물이 섞여, 잊었던 기억이 녹아 흘렀다. 군영의 우체국이었다. 늙은 정비관이 난롯가에 앉아 우표를 붙이지 않은 편지를 들고 순서를 기다리며 졸고 있었다.

조는 모습이 너무 행복해 보여서, 내 혈관을 순환하는 수많은 인파 중 그 누구도 깨워주지 않아서, 영영 보내지 못한 소식의 소유자가 된 사람. 그가 우체국에 미리 가서 앉아 있을 것만 같았다.

"박 병장, 그 등명구는 전선이 너무 낡아서 갈아야겠네."

"준위님, 부대엔 제가 전입하기 전부터 부품이 없었습니다."

우체국에 들어가 대기표를 뽑고 실내를 둘러보았다. 노인은 오지 않았다. 사라진 우체국에서 여태 순서를 기다리며 졸고 있는 것인가.

"으음…… 부품이 없다면…… 폐…처리……하는 수밖

에."

　그가 처리된 이후의 시간으로 창밖에 눈이 온다는 아내의 문자메시지가 도착했다. 내 눈엔 잠이 온다는 답장을 보냈다. 내가 잠들어 기억 속의 죽음이 녹으면 노인이 얼어붙은 시간을 걸어 나와 소식을 전할 수 있을까.

　우체국에서 우체국으로 손을 뻗었다. 펼쳐 본 그의 사연은 너무 낡아서 읽을 수 없었다. 다시 봉한 노인의 편지에 우표를 붙여 수취인에게 보내고 우체국에서 나왔다. 얼었던 새가 녹아 갠 하늘을 지나갔다. 우체국이 사라진 텅 빈 거리였다.

천사가 된 마네킹

어제보다 아름다워지고 싶었다.

내가 가진 가장 멋진 것을 찾았다.

나는 남자도 될 수도 있고 여자도 될 수 있다.

우리 중에 심벌을 가진 신체는 없다.

어제는 뿌리도 없는 주제에 남자 가발을 썼다.

어이 잃은 큐피드가 활 대신 기타를 줬다.

노래했지만 아무도 듣지 않았다.

365일이 핼러윈이었던 거다.

사탕에 미친 귀신들은

더 무서워지는 방법만 연구했다.

유령 나라에 전시된 나는

올라선 후에 무너지는 장벽을 보는 기분으로

입혀진 뒤에 당하는 강간 같은 기분으로

종족의 현실을 노래했다.

귀먹은 귀신들에게 노래가 무슨 소용인가.

귀신들이 노래를 가로막고 공포를 퍼부었다.

빨릴 대로 빨려 피가 마른 나의 분노는

1센티도 발기하지 않았다.

판판한 사타구니로 분노한들 무슨 소용인가.

어제의 나는 아름답지 않았다.

내가 생각한 멋진 것을 가질 수 없었다.

옷은 입혀진 것이었고 가발은 씌워진 것이었다.

그래도 가슴은 있었다.

적어도 여자 옷과 가발이 합당했다.

생각을 노래한 대가로 공포가 내 몸을 절단했다.

경계가 없던 신체의 허리가 끊어졌다.

상체와 하체의 간격이 차가웠던 시대의 장벽 같았다.

나는 남자도 될 수 없었고 여자도 될 수 없었다.

나는 생각한 대로 살 수 없었다.

귀신들은 사탕뿐만 아니라 생각의 고요까지 원했다.

365일 중 단 하루도 진짜 핼러윈이 아니었다.

오늘은 딴생각을 한다.

생각할 수 없는 생각이 무슨 소용인가.

생각에 반(反)하는 것이 귀신들의 생존 방식이다.

귀신들이 부서진 내 살점을 헤집으며 사라진 생각을 찾
는다.

  딴생각은 미끌미끌하다.

  딴생각은 추월당하지 않는다.

  딴생각은 가로막히지 않는다.

  딴생각은 부서지지 않는다.

  딴생각으로 결합된 오늘의 여자가

  생각 때문에 부서진 어제의 남자를 안는다.

  갓난아이의 웃음소리가 들린다.

  말도 모르면서 딴생각을 하는 것 같다.

한성정밀 경성카레

식민지풍의 식당에서 두 남녀가 주문한 건 노란 카레.
해협을 건너온 손님이 주문했다는 것과 제국의 순사처럼
생긴 식당 주인이 요리했다는 사실을 모르는 노란 카레
를, 노란 카레를 만들 줄 아는 두 남녀가 식민지풍의 식당
에서 먹고 있다는 사실을 ○○정밀, △△정밀과 같이 초
밀리 단위로 철제를 가공하는 식당 밖의 사람들이 모르는
것과 같이 크게 한 상을 먹고 나간 낯익은 이민족들도 모
르고 두 남녀는 식당 주인이 식당 주인이 아니라 단지 고
용된 점원일 뿐이라는 사실을 모르고 세기 앞에 전(前) 세
기가 펼쳐져 제국의 순사처럼 생긴 게 아니라 제국의 순
사라는 사실과 제국의 순사가 왜 카레를 만드는지와 식민
지풍의 식당이 아니라 식민지의 식당이라는 사실을 모른
다는 사실조차 두 남녀는 모른 채 이민족과 잘 비벼진 주
권의 외곽에서 노란 카레를 다 먹으면 열도에 별의별 폭
탄이 다 떨어지고 식민지의 식당이 식민지풍의 식당으로
영어 가득 별의별 메뉴를 다 채우면 제국의 순사는 제국
의 순사처럼 생긴 고용인으로 변모할 것이고 "맛있게 드

셨어요?" 물으면 지나가는 이민족에게 뭘 그런 걸 묻느냐
는 성가심도 없이 두 남녀는 노란 카레를 헷갈리는 맛으
로 기억하며 전 세기에서 세기로 빠져나오듯 식민지풍의
식당을 나가 해협을 건널 것이고. 골목 구석구석 동그라
미는 동그라미로 세모는 세모로 매우 정밀하게 가공될 것
이고.

시는 검은색으로 수록된다

비밀인데 말야, 나 실은 다음 주 화요일에서 온 너야. 1
주일 후엔 기억나지 않을 오늘을 기록하려고 왔지. 검정,
빨강, 파랑. 리볼버 같은 3색 볼펜. 오늘 일기는 파란색으
로 써야겠어. 파란색은 왠지 아무 말이나 써도 좋은 색깔
같아. 기록의 보호색이라고나 할까. 지금부터 나는 새파
란 거짓말을 쓸 거야. 아무것도 기억나지 않는데 별수 없
잖아. 주의할 점이 있어. 총알 하나는 반드시 남겨둔다는
킬러처럼 한 문장, 딱 한 문장은 검은색으로 쓸 거야. 그
문장은 거짓말이 아니라 내 기억이야. 그 불완전한 진실
의 탄환이 너를 향할까. 나를 향할까.

내 얼굴에 불이 났어. 코와 귀로 연기가 뿜어졌어. 행인
2가 화재 신고를 했어. 급정거한 소방차에서 소방관이 뛰
어내렸어. 연장으로 셔터를 들어 올리고 불이 난 건물 안
으로 진입했어. 시시했어. 소방관은 연기가 아니라 공사
장에서 일어난 먼지라고 말하며 사태를 수습했어. 먼지가
난 꽃 가게의 주인은 가게에 소동이 난 줄도 모르고 당구

를 쳤어. 도서관은 둘째, 넷째 화요일이 정기 휴관일이거
든. 주인은 큐로 하얀 화요일을 쳐서 빨간 공 두 개를 맞
췄어. 하나는 일요일, 또 하나는 국경일이야. 꽃 가게에
붉은 꽃 두 송이가 피었어. 연휴 중이었던 거야. 득점을
정산하려고 대출한 책을 펼쳤어. 아버지가 내 얼굴에 불
을 질렀다고 쓰여 있었어. 그 아버지는 휴일에만 일 나가
는 공사장 인부야. 그는 도서관 휴관일이 언제인지 모르
지. 그래서 혼자 그렇게 막노동을 하는 거야. 꽃 가게는
폐업했어. 새로 들어올 가게 인테리어 중이었지. 나에게
언제 동생이 생겼더라. 자격 없는 불법 공사야. 그래서 신
고하지 못하도록 내 입술에 불을 붙인 거야. 아버지는 내
곁에 있는 모습을 누가 볼까 봐 불안해했어. 그래서 나를
두고 떠난 거지. 이런 화창한 연휴에 누가 시시하게 꽃을
사러 다닌다고 말이야. 차라리 잘됐어. 어차피 그는 내 진
짜 아버지가 아니니까. 내 입술은 폭죽의 심지였어. 말을
할 때마다 파지직 파지직 얼굴이 아팠지. 그래서 입 다물
고 있었던 거지. 불발탄. 폭죽은 터지지 않고 코와 귀로

연기만 새어 나왔지. 행인 2가 그걸 보고 신고를 한 거야. 그런데 행인 1도 없이 이 연휴를 지나가는 행인 2는 누구지. 그가 검은 잉크로 장전한 마지막 탄알일까.

　이게 내가 기록한 오늘이야. 받아들일 수 없다면 내게 복수해. 다음 주 화요일의 일기를 네가 쓰는 거지. 내가 망각의 너를 조작했으니 네가 미지의 나를 결론 내. 1주일 후에 내가 어떻게 되었는지. 탄알이 누구를 향해 날아갔는지. 염두에 둘 점이 있어. 문제는 아무리 일기를 파랗게 써도 시는 검은색으로 수록된다는 거야. 그런데 내가 정말 파란색으로 썼을까. 그건 아무것도 쓰지 않은 새빨간 진실만 알겠지.

강물처럼 울었네

당신이 바다를 보고 싶다 해서
물살을 놓았네.

내 몸이 얕아서
아무리 울어도
강물처럼 울 수밖에.

바다를 찾아 떠난
당신의 등 뒤에서
나는 비로소 바다가 되었네.

우조(雨鳥)

시계 눈금의 간격처럼

줄일 수 없는 두 시각의 틈으로

비 내리는 아침에

너와 나를 한눈에 바라보는

커다란 슬픔이 눈을 뜨면

나는 나의 창가에서

너는 너의 창가에서

물감 같은 아침을 먹고

창과 창이 물의 다리로 이어져

내 마음에 흐르는 음표를 따다가

다리 편에 띄우면

껍데기 속에서 꿈틀거리는 달팽이가

너의 창으로 흐르고

달팽이를 바라보는 식사가

흡연에 젖어

지워진 눈 화장이

달팽이를 검게 칠하면

달팽이는 낮은음자리로 떨어져

깨진 껍데기 속에서 죽은 새가 날아오르고

젖은 눈이 슬픔을 감는다.

불가능한 호

너의 여자 친구는 말수가 적었지

그녀는 물의 나라에서 왔다고 했지

말 속의 얼음이 녹는 나라

나는 얼음의 나라에서 왔지

흘러온 말이 얼어붙는 나라

물을 얼리듯 얼음을 녹이듯

너는 그녀와 나의 말을 통역했지

"한국의 여름은 견딜 만하군요."

"여름엔 시원한 것이 많으니까요. 한국은 겨울에도 지

낼 만해요."

"……겨울엔 따뜻한 것이 많으니까요?……"

너를 통해서 결빙과 해빙이 반복됐지.

나의 어는점이 그녀의 녹는점

그녀의 녹는점이 나의 어는점

우리는 입이 필요 없는 온도를 알게 됐지

너에 대한 예의를 잃고 조용해질 대로 조용해져

우리는 물속에 얼음 씨앗을 심었지

순식간에 자란 나무
열매 녹아 흐르는 대로
다시 얼어 오르는 영도의 나무

너는 우리에게 말을 재촉했지
우리는 너에게 말 없는 흉이 같았지
너만 모르는 말을 나누고 우리는 헤어졌지

얼음의 나라로 돌아온 내게 너의 전화가 걸려왔지
너는 그녀와 끝났다고 했지
그칠 줄 모르는 결정 장애, 완전히 여자 호라고
나는 얼어붙는 물의 말을 매만졌지
너에게 여자 호는 불가능했지
그날 이후 그녀는 나를 향해 흘렀으니까
호 역시 너에게 불가능하지

나는 그녀의 말 속에서 얼어붙고 있으니까

너의 존재가 부질없는 날

어느점 밑으로 뚝뚝 떨어지며

나는 그날의 나무를 생각하지

이젠 한국에 가지 못하지

손바닥에 떨어진 푸른 주화

만난 것도 헤어진 것도 이변이었다.
너를 찾아 옛 거리를 걷는다.
이곳에서 우리는 함께 키운 우산나무 아래
빨간 벤치를 놓고 비 내리는 풍경을 구경했었다.

그치지 않는 비였는데 점점 차올랐는데
큰물 무서운 줄 모르고 사이 깊은 줄 모르고
숨을 참아 물고기가 되었다.

가쁘게 돋은 비늘 서로 다른 물길이 되어
자리에서 먼바다까지 연애에서 재난까지
가시 구석구석 파고드는 짠맛을 보았다.

사람 된 기억 없이 다시 걷는 거리다.
어떻게 살았는가, 어디에 있는가, 무엇이 되었는가.
우리는 알아들을 수 없는 외국어처럼 변해버렸다.

시간이 빛바랜 벤치에 앉아 괘종을 친다.

돌아온 사람들이 새 이변을 준비한다.

그중에 네가 있으라고

나를 잊었어도, 내가 아니어도

다시 곁이 있으라고, 사랑하라고.

쓰러진 우산을 세워 펼친다.

고인 빗물이 손바닥으로 흘러내린다.

손바닥에서 푸른 주화가 맴돈다.

그 이변 아름다웠다.

선명한 너의 자리로

　여정이 끝났다. 카페 안에서 열차 시각을 기다린다. 용모와 언어가 제각각인 사람들이 드문드문 모여 앉아 이야기를 나눈다. 빛보다 빠른 속도로 팽창하는 우주 공간의 별들처럼, 돌아서면 다시 만날 가능성이 전혀 없는 존재들이다. 너는 찻주전자를 기울여 찻잔을 채우고, 스마트폰에 메모를 하고, 나에게 다소 지친 수다를 둔다. 카페 안을 아주 미세하게 구겨놓았을 뿐 너의 몸짓, 너의 손짓, 너의 말과 생각은 이곳에서 아무런 물리력도 행사하지 않는다. 그들은 그들의 일을 한다. 서로 무관하고 무해한 이 민족들 틈에서 너는 점점 독자적인 차원으로 변해간다. 네가 지금 여기에 살아 있다는 걸 너와 나 외엔 아무도 모른다. 너는 혼자 찍은 너의 사진을 나에게 보여준다. 그 안에서 너는 더 이상 나이를 먹지 않는다. 더 이상 늙지 않는다. 나는 중후해지지 않고 안정을 찾지 않는 너의 기질을 본다. 젊음, 영원한 젊음을 저주에서 축복으로 끌어올릴 의지가 너에게 있느냐고 나는 묻는다. 너는 이 우주에 어떤 의지가 있었느냐고 물음으로 내 물음에 답한다.

우주는 그 어떤 테이블에도 초점을 맞추지 않는다. 서로를 간섭하지 않는 소리들이 소리 그대로의 소리로 스쳐간다. 너도 그러하리라. 끝내 푸르게 죽어도 괜찮아. 발견되지 않는 한 너의 죽음은 허구니까. 이토록 푸릇한 생명처럼. 나는 너의 어깨에 청색 필터를 걸쳐준다. 이제 사라질 시간이 됐다. 선명한 너의 자리로.

기린 불명

오랜만에 만난 네가 성공한 다이어트를 본다. 깜짝 놀라 배가 없어졌다고 한다. 사라진 게 기분 좋은 배가 가슴과 엉덩이를 떠나 활주로를 달린다. 다소 어색한 분위기는 기린이다. 큰 눈을 끔뻑이며 다리가 길었다. 몸 둘 바 모르는 기린이 배를 따라 달린다. 도중에 행방이 묘연하다. 배의 쾌감을 따라잡지 못해 아프리카로 샌 게 분명하다. 떠오른 100인승 여객기 안에는 자아혁신당원들이 한 자리씩을 차지하고 앉았다. 그들의 얼굴은 실패의 통시성을 띠고 있다. 기내식 담당 승무원은 승객들의 식욕이 불안하다. 운반된 기내식 메뉴가 제자리에서 회전한다. 대륙과 기후와 종교를 가지고 빙글빙글 돈다. 화살 맞은 회전판이 정지한다. 이슬람식을 먹은 한국인이 기내에서 사라지자 나머지 승객들도 감쪽같다. 기린을 찾는 가슴 위의 얼굴로 네 환청이 안부를 묻는다. 맞앉을 곳을 향해 움직이는 다리들의 환영! 느린 속도로 떨어지는 건 기린이 씹다 흘린 나뭇잎이 분명하다. 콧구멍을 벌름거리며 구름 위로 목이 길었다.

우리는 함께 손톱을 잘랐다

내가 그곳에 간다고 했을 때 너는 그곳이 우주 밖이라고 했다. 나는 그 말에 고개를 끄덕였다. 가본 적 없는 먼 곳이었기에 우주 밖이나 다름없었다. 그곳은 공기가 뜨거웠고 물이 귀했다. 끝없는 평지, 먼지에 덮인 낡은 건물들. 사람들은 집에서 비가 그치길 기다리듯 해가 지기를 기다렸다. 시간이 되면 노을이 물들었고 사람들이 거리로 나와 하늘가를 향해 걸었다. 그곳에도 자전이 있었고 계절이 바뀌었다. 별과 달이 뜨고 바람이 불고 겨울엔 흰 눈이 내렸다. 너는 그곳을 우주 밖이라 했다. 나는 너의 말에 동의한다. 안팎이 꼭 달라야 할 이유는 없으니까. 나는 회색 건물 안에 있는 하얀 집을 얻었다. 욕실엔 금 간 욕조가 있었고 거실 책장엔 외계어로 인쇄된 책들이 꽂혀 있었다. 부엌엔 골동 식기들, 그 안엔 19세기에 마른 듯한 물의 흔적. 방 두 개 중 하나에선 잠을 잤고, 다른 하나에선 일기를 썼다. 길게 자란 손톱은 자기를 다치게 한다고 너는 말했었다. 너를 생각하면 손톱이 빨리 자랐다. 자고 나면 팔뚝에 긁힌 자국이 남았다. 너로 가득 찬 생각이 무서워 손톱을 깎고 생각을 나오면 생각 밖에 똑같은 생각이 있어 침실의 침대, 욕실의 욕조, 거실의 책, 책 속의 활자, 부엌의 물건들이 손톱처럼 딱딱해졌다. 손톱을 깎듯 바닥을 닦았다. 침구를 털고 문자를 해독하고 설거지를 했다. 외출할 땐 주머니에 손을 넣었고 사람을 만날 땐 손톱을 감췄다. 그래도 집 밖에 똑같은 집이 있었다. 도시 밖에 똑같은 도시, 국가 밖에 똑같은 국가, 지구 밖에 똑같은 지구. 내가 우주를 벗어난 그곳도 너만 있는 우주 밖, 결국 너로 가득 찬 내 생각 안이었다. 이곳에 돌아와 나는 너에게 계속 우주 안에 있었다고 말했다. 너는 고개를 끄덕였고 우리는 함께 손톱을 잘랐다.

연필심

나는 그곳에서 말을 가르쳤다. 마른 비가 내리는 사막
나라였다. 사람들은 화덕에 구운 딱딱한 빵, 당근과 고기
가 풍부한 기름밥, 다디단 디저트를 먹었다. 적응할 때까
지 조금밖에 못 먹었다. 먹을 수 있을 만큼만 사는 것 같
았다. 교실에서는 말을 가렸다. 아이들이 들을 수 있을 만
큼만 말했다. 그 정도로만 사는 것 같았으나 통제된 말만
가지고도 교실은 농밀했다. 생일날 연필 두 자루를 선물
받았다. 연필심에 신랑과 신부 얼굴을 한 보호 마개가 씌
워져 있었다. 두 연필은 그곳의 부부였다. 생각 없이 신랑
연필을 먼저 사용했다. 신랑을 가지고 우리말을 했다. 신
랑은 자기 심이 무슨 말을 하는지 몰랐다. 그는 산 적도
없이 사라졌다. 그 후로 신부는 줄곧 마른 눈물을 흘렸다.
돌아온 뒤에야 그걸 알았다. 왜 부부를 골고루 쓰지 않았
을까.

나는 그곳에서 말을 배우기도 했다. 필통에 꽂아둔 신부
가 말했다. "남편이 무슨 말을 남겼는지 알려줘." 신부의
애원이 간절했으나 남편으로 한 말을 전할 수 없었다. 그

것은 부질없어 지워버린 우리말이었다. "돌아갈 수 없으니 그립고 맙니다." 대신 그곳의 말로 신부가 좋아할 만한 말을 들려줬다. 신부가 말했다. "넌 아직 우리 말이 서툴군. 내 남편이 그렇게 말했을 리 없어. 날 남편에게 보내 줘." 나는 서툰 거짓말을 지우기 시작했다. 문득 신부가 신랑에게 가까워지는 것 같았다. 신랑을 향한 미망(未忘)의 길이 신부에게 열린 것이다. 그러나 아직 남은 심이 길다. 나는 떠오르는 대로 우리말을 썼다. "할 수 있는 말 밖에서 더욱 사랑하였습니다." 지우고 나니 제법 외로운 신부의 말이었다. 저녁에 나는 청소를 했고 아내는 밥을 지었다. 우리는 조금씩 서로를 아껴 썼다.

이니셜

일요일 아침이었다. 언제나 그렇다는 듯이. 라디오 뉴스를 들으며 스케치북에 그림을 그렸다. 소리를 그린다는 듯이. 선을 그으니 편안해졌다. 여백이 많아 불편했다는 듯이. 직선이 휘어지고 곡선이 찌그러졌다. 곧은 소리는 없다는 듯이. 소리를 지우고 김치볶음밥을 볶았다. 김치가 남아돈다는 듯이. 밥을 먹고 졸았다. 잘 시간이 없어 미치겠다는 듯이. 화장실에서 세수를 했다. 볼일이라도 있다는 듯이. 마트에 가서 양파를 사 왔다. 벗길 게 필요하다는 듯이. 환불하든지 교환해 오라고 했다. 벗길 필요가 없다는 듯이. 양파 다섯 알이 모두 물러서 물이 줄줄 흘렀다. 안 팔리니 먹어달라는 듯이. 마트에 가 환불하고 다시 집으로 왔다. 교환 못 해 돌아왔다는 듯이. 7대1이었던 야구 경기가 11대1이 되었다. 이길 팀을 응원하라는 듯이. 투수 L이 타자 H에게 사구를 두 번이나 던졌다. 살아 있는 걸 확인하겠다는 듯이.

저녁에는 옛날 영화를 봤다. 만날 사람이 없다는 듯이.

주인공은 하얀 흑인이었다. 까맣게는 못 살겠다는 듯이. 그는 하얀 애인에게 어머니가 죽었다고 말했다. 실제로 죽었다는 듯이. 상처받은 어머니가 말했다. 소원대로 죽어주겠다는 듯이. 아들아, 네가 나를 죽였다. 아들은 애인에게 흑인임을 고백하고 죽었다. 하얗게는 못 죽겠다는 듯이. 친구 J가 떠올랐다. 어제 만났었다는 듯이. 그가 내게 말했다. 우린 이 땅의 흑인 여성이야. 노란 남자라도 됐었다는 듯이. 친구야, 네가 나를 죽였다. 혼자서는 못 죽겠다는 듯이. 마트 계산원이 내게 말했다. 눈 감고 확인 사살 하듯이. 언니, 여기 사인. 바빠 죽겠다는 듯이. 찌그러진 동그라미로 사인했다. 내 이니셜인 듯이.

고구마 줄기에 피는 소꿉

　주문한 고구마가 왔다. 줄기 잘린 슬픔이 뿌리로 왔다. 하나같이 둥그스름한 덩어리들. 사는 게 왜 지겨운지 알아? 네 슬픔에 독창성이 없기 때문이지. 좀처럼 꽃피지 않는 생활의 줄기를 자르고 줄기에 매달려온 손을 자른다. 이제 나도 고구마다. 하나뿐이어서 비교할 수 없다면 평범해도 괜찮아. 비슷한 것들 모조리 찜 쪄 먹고 남은 하나에 주문을 건다. 너는 음악을 좋아했으니 소리의 뿌리가 되어라. 맞아, 나는 음악을 좋아했지. 미완의 취향을 펼치고 악보에 고구마를 심는다. 자디잘게 썰어 심어야 마디가 풍성해지지. 고구마가 자란다. 자라서 음표가 된다. 사분음표, 팔분음표, 십육분음표……. 짧은 소리가 많을수록 풍요로워지는 마디의 경제. 소리 길이가 짧을수록 가지가 무성해지는 음표의 경제. 가장 풍족한 마디의 가장 부유한 음표 안에서 살림을 살아야지. 행복은 백분음표쯤될까. 목욕탕에 갈 수 없으니 욕조를 들여야겠어. 노트북도 고쳐야 하고, 데스크톱은 새로 사자. 다 심고 없는 고구마로는 시를 몇 편 써봐. 너는 시도 좋아하잖아. 맞아,

나는 시를 좋아해. 없애버린 고구마니까 못 할 말이 없지. 시를 써서 밥을 짓고 남는 것으로 김치를 담그고 더 남는 것으로는 고기도 몇 근 재워야겠다. 그래도 여분이 있으면 해외여행 가야지. 원고료 모아봐야 생활비도 안 되는 거, 집에서 좋은 것만 먹어야지, 좋은 곳만 다녀야지. 너는 시를 좋아하지. 물론이지. 나는 시를 좋아해. 인사하면 시들해졌던 숱한 반가운 만남처럼. 안녕, 보고 싶었어.

감자 울창

헐값에 감자를 샀다. 심심풀이로 한 알을 남는 화분에 넣었다. 흙을 덮었다. 오래된 흙이었다. 묵은 흙에서도 싹이 틀까. 심은 건지 묻은 건지 경계에 걸린 감자가 어제 멈춘 문장 같았다. 잘 풀리든 안 풀리든 어김없이 찾아오는 생활의 휴지(休止). 그래서 휴지(休紙)가 되기 일쑤인 시간의 낱장들. 흙 겪어보면 알겠지. 죽는 건지 사는 건지 감자가 알겠지.

황색 화분, 오래된 흙, 심심 감자
흙 속에 흐르는 미지

오래된 공책, 재생종이, 뾰족한 펜촉
종이에 뿌려지는 글씨들

비행기로 접어
한없이 낮은 저고도의 기체 안에서
가는 생각 없이 가는 개미 같은 것들에게 나를 놓으리.

물 주다 잊은 며칠의 감자가 흘렀다. 놀랄 만큼 성큼하게 감자가 자랐다. 망각의 줄기를 타고 감자만 한 내 심장에도 싹이 텄다. 누군가 깨끗이 나를 잊은 것이다. 푸르게 잊어줘서 고마운 나의 미지. 감자에서 망각으로, 망각에서 심장으로, 심장에서 미지로, 미지에서 글씨로 목적 없이 우거지는 산림이여, 외로운 살림이여. 해먹을 치고 누운 이 울창함이 내가 안길 그늘인가 보다.

하얀 포도알

허벅지를 베고 눈을 감는다.
흰머리 뽑는 소리가 문을 두드린다.

노크에 밀려 문이 열린다.
문밖에 검은 포도밭이 펼쳐진다.

멜라닌은 슬픈 얼굴로 과수원을 떠나고
너는 하얗게 익은 포도알을 고른다.

우리는 원두막에 걸터앉아
종아리를 흔든다.

포도 씨를 뱉으며
여름을 보낸다.

안녕, 멜라닌

건널목 앞이었다. 야외 예술 수업이었다. 나와 너와 교수. 교수의 얼굴은 떠오르지 않는다. 한 번도 본 적 없는 사람이었다. 내가 꾸는 꿈속에 어떻게 내가 모르는 사람이 나올 수 있는 걸까. 불가능한 일이라면 그는 내가 기억하지 못하는 사람이거나 내가 아는 사람의 환신일 것이다. 이건 뭔가! 너무 이론적인 생각을 하는 내가 역겨웠다. 교수는 내게 관심을 두지 않았다. 교수는 이론적인 내가 실제적인 꿈 밖으로 어서 나가길 바라는 것 같았다. 교수의 바람이 이루어지면 내 꿈속에서 교수는 너와 무슨 짓을 하려는 걸까.

안전선 안에는 거대한 조형물이 있었다. 한 사람은 두 발로 서서 건널목 너머를 응시하고 있었고 또 한 사람은 무릎을 접어 올리고 남은 한 발로 서서 옆 사람의 팔짱을 끼고 있었다. 조형물 주변을 돌던 교수가 네게 물었다. 이 두 사람의 차이가 뭐라고 생각하나요? 너의 대답이 기억나지 않는다. 너의 대답을 흡족해하는 교수의 반응만 기억난다. **자넨 뭐라고 생각하나?** 나의 대답은 이랬다. 두 발은 건널목을 건너려고 하고 한 발은 건널목 앞에 머무르려 합니다. 그러자 너는 내게 조형물이 소설의 한 장면을 구성한 것이므로 서사를 곁들였어야 한다고 말했고 교수는 내가 한 얘기는 조금 전에 자신이 준 힌트라며 핀잔을 주었다. 그 순간부터 꿈이 깨기 시작했다. 사실 내가 하고 싶은 대답은 내가 한 대답이 아니라 내가 하지 않은 대답이었다. 이 두 사람의 차이는 없습니다. 차이가 뭐냐는 교수님의 질문 때문에 나는 어떻게든 말을 해보려 했던 것입니다. 한 발이든 두 발이든 건널목 앞이든 건널목 너머이든 무슨 차이가 있습니까. 내가 꿈 밖으로 나가면 교수님은 어차피 이 사람과 진도를 나갈 텐데요. 나는 꿈 속에서 시작한 새 대답을 꿈 밖에서 마쳤다. 교수가 내 대답을 어디까지 들었는지 몰라서 그가 너와 무슨 짓을 하고 있는지 알 수 없었다.

대답을 마친 직후에 이 글을 쓰기 시작했다. 머리맡에 둔 공책의 빈 페이지를 황급히 찾는데 수업 중인 네가 잠 안 깨게 책장 좀 살살 넘기라고 핀잔을 줬다. 희미하게 서

둘러 쓴 이 글을 밝은 곳에 가지고 나와서 보니 못 알아볼 글자들, 행을 채운 글자들, 선에 걸린 글자들이 수두룩했다. 컴퓨터를 켜고 비행선의 글자를 행선으로 옮기고 보니 도대체 네가 교수에게 어떤 대답을 했는지 궁금해 견딜 수가 없었다. 침대로 돌아가 너의 얼굴을 들여다보았다. 뽀얗게 웃는 모습이 교수와 건널목 너머로 진도를 나가는 것 같았다.

꿈은 흑백이었다. 화장실에 가서 거울을 보았다. 가르마에 전에 없던 흰머리가 생겼다. 색깔이 사라지는 중이었다. 내 살갗을 떠나고 있는 멜라닌……. 안녕, 멜라닌……. 순간 교수의 질문이 맥락 없이 뇌리를 스쳤다. 교수는 두 조형물의 차이를 물은 것일까, 내가 뭔지를 물은 것일까. **자넨 (자네가) 뭐라고 생각하나?** 나는 너와 건널목을 건너는 교수가 멜라닌과 헤어진 20년 후의 나이길 바랐다.

조화로운 생화

　분갈이를 했다. 함께 사서 기른 호야와 홍콩야자. 호야
는 아버지가 불렀던 내 어린 시절의 이름 호야. 홍콩야자
는 의리의 화신 소마*가 바라본 밤 풍경이 아름다운 홍콩
의 야자. 이삼일에 한 번씩 물을 듬뿍 주고 틈틈이 공중
수분도 했지만, 전혀 자라지 않아 조화 같았던 내 유년과
사춘기의 식물들

　　생장 환경이 좋지 않아 자라지 않는 식물이
　　생화라는 사실을 증명하는 방법은
　　시드는 것밖에 없다는 듯이

　홍콩야자의 줄기 하나가 갈변했다. 호야는 두툼해야 할
잎사귀가 탄력이라고는 전혀 없이 메말랐다. 죽어가는 걸
보고서야 조바심을 거두고 분갈이를 했다. 퍼낸 흙에서
썩은 내가 났다. 내가 썩힌 흙에 흐른 죽음의 시간을, 죽
을 때 피는 꽃이라는 뜻으로 소멸화(消滅花)라 칭하고, 화

* 　영화 〈영웅본색〉의 등장인물

분을 아침 햇볕이 좋은 내 방 창가로 옮겼다. 호야는 물을
자주 주면 안 된다는 사실도 알게 되었다.

　여기저기 돌려 보던 비디오테이프처럼
　맨 처음으로 돌아가던 비디오테이프처럼

　노을 진 저녁에 남은 지기의 빈자리로 그가 다시 돌아
오면 호야는 내 입술처럼 두툼한 잎사귀를 동그랗게 오므
려 푸른 휘파람을 불 것이다.
　무럭무럭 자랐을 홍콩야자가 관광객이 몰리지 않는 가
정식 야경을 밝히면 나는 돌아온 지기에게 말할 것이다.
홍콩의 야경이 이렇게 아름다운 줄 몰랐군.*

　기다림의 각질이
　아버지처럼 벗겨져

* 　영화 〈영웅본색〉 중 소마의 대사

무척 조화롭게

사는 시간이 흐른다.

시인 노트

끝

사랑에 부적합한 몸으로 태어나
손바닥만 한 사랑에 노출된 게
이 공책이 나보다 더 괴로운 까닭

심심할 땐 슬픔도 재미있더니
슬프니까 고통도 아름다웠다.

글자들이 나를 거부하는 밤엔
밤보다 더 길게 쓰러졌다.

기도하고 싶어도 무릎 꿇을 수 없는 뱀처럼
쓰러질지언정 무릎 꿇지 않는 뱀처럼

쓰지 않았더라면 좋았을 글씨들의 끝
말라 죽은 뱀들의 흔적

내용 없는 제목들을 모은

제목 없는 내용처럼

끝이 안 좋으니
끝까지 가진 말자고

쓰고 나서 깨달았다.
그게 끝이라는 걸
내가 너의 끝이라는 걸

시인 에세이

믹서로 갈아 마신 한 문단의 음운 주스

카페에 나갔습니다. 밖이 보이는 창가에 앉았습니다. 창엔 물방울이 말라붙어 있었습니다. 비의 발자국이었습니다. 나보다 먼저 비가 다녀갔던 모양입니다. 내가 보지 못한 비가 남긴 흔적을 가만히 보았습니다. 나는 무엇의 흔적일까, 나에겐 어떤 흔적이 남아 있을까, 나는 어떤 흔적을 남길까. 몇 갈래의 생각이 손바닥에서 갈라지는 손가락 같았습니다. 손을 내려다보았습니다. 분명히 내 손인데 손이 나와 어울리지 않았습니다. 다른 사람의 손 같았습니다. 손이 아니었던 것이 잠시 손의 모습으로 내게 섞여 있는 것 같기도 했습니다. 고개를 들어 창밖을 보았습니다. 찻길엔 700번대의 버스와 가지각색의 자가용. 인도엔 방과 후 학생들의 끊임없는 행렬. 창밖 어딘가 내가 볼 수 없는 곳에 세계의 회전축이 있는 듯 사람들과 사물들이 믹서에 갈린 물질들의 조합 같았습니다. 내 오른쪽엔 방금 자리를 뜬 사람의 잔상, 내 왼쪽엔 책을 읽는 당신. 나는 스쳐가는 사람들과 섞여 있었습니다. 그저 그런 스

침이겠지만 그 스침은 과거에 지근했던 물질들의 인력이
소멸하지 않고 남아 나와 당신으로 조합된 지금 서로를
잡아당겨 만들어낸 현상이라는, 그래서 잠시나마 이렇게
섞일 수 있었을 거라는 망상에 빠집니다. 이런 내가 믹서
같아 문득 떠오른 생각들을 모아 믹서 안에 넣고 돌렸습
니다.

사라진 것은 모두 나의 전생이다

전생을 기억하지 못하므로

피아를 식별할 수 없는 정글이다

정화된 몸으로 와서 인연에 엮이고 원한에 사무쳐

또 이렇게 더러워졌다

나무의 몸속엔 살아 있는 세포가 전멸한 심재가 있다

줄기와 가지를 지탱하는 굳센 죽음

나무는 죽음과 동거한다

내가 당신을 사랑하게 된다면

당신의 얼굴은 내 심장이었을 것이다

내가 당신을 증오하게 된다면

당신의 얼굴은 내 뒤통수였을 것이다

당신은 나의 죽음이다

나는 나의 죽음과 동거한다

사라진 것은 모두 나의 전생이다

전생을 기억하지 못하므로

망각의 바다에 떠 있는 섬이다

마모되어 가라앉으면 무엇을 떠받치는 죽음이 될까

기억되지 않는 전생으로 어떤 삶과 동거하겠지

나는 당신의 죽음이다

당신은 나와 동거한다

　믹서 안을 봅니다. 전생, 죽음, 사랑, 증오. 이런 단어들
을 봅니다. 썩 마음에 들지는 않습니다만 대체할 세련된
마음의 작용을 연마하지는 못했습니다. 그래서 전생을 상
상하고 인연의 결과로서 사랑, 증오 같은 단어에 골몰합
니다. 또 현생이 마냥 즐겁지만은 않아서 '처음부터 다시
살면 이 시를 벗어날 수 있을까', '처음부터 다시 살아도
결국은 이렇게 될까', '내가 사람으로 다시 태어나면 다른
사람이 될 수 있을까', '그래도 도로 내가 되고 말까' 이런
소용없는 생각들이 뒤범벅됩니다. 이런 내가 믹서 같아
믹서를 한 번 더 돌리고 한 문단의 주스를 종이 위에 따랐

습니다.

　사라진 것은 모두 나의 전생이다 전생을 기억하지 못하므로 피아를 식별할 수 없는 정글이다 정화된 몸으로 와서 인연에 엮이고 원한에 사무쳐 또 이렇게 더러워졌다 나무의 몸속엔 살아 있는 세포가 전멸한 심재가 있다 줄기와 가지를 지탱하는 굳센 죽음 나무는 죽음과 동거한다 내가 당신을 사랑하게 된다면 당신의 얼굴은 내 심장이었을 것이다 내가 당신을 증오하게 된다면 당신의 얼굴은 내 뒤통수였을 것이다 당신은 나의 죽음이다 나는 나의 죽음과 동거한다 사라진 것은 모두 나의 전생이다 전생을 기억하지 못하므로 망각의 바다에 떠 있는 섬이다 마모되어 가라앉으면 무엇을 떠받치는 죽음이 될까 기억되지 않는 전생으로 어떤 삶과 동거하겠지 나는 당신의 죽음이다 당신은 나와 동거한다

　행갈이가 사라졌을 뿐 내용이 똑같은 주스. 물론 이것은 무한대에 가까운 음운 조합의 결과 중 거의 불가능에 가까운 기적의 주스겠지요. 그런데 나는 음운이 원래 있던 자리에 되돌아온 것이 아닐 수도 있다는 의심을 합니다.

'사라진'의 시옷과 '당신'의 시옷이 바뀌었을지 모른다는 의심, '사랑'의 이응과 '증오'의 이응이 바뀌었을지 모른 다는 의심을 말이지요. 그래서 당신 앞에서 나는 불안하고 사랑은 슬프고 때로는 증오가 되는 게 아닌가 합니다. 내가 과거에 내가 아니었더라도 그 역시 나였을 거라는 믿음, 내가 앞으로 내가 아닌 다른 무언가가 되더라도 그 또한 나일 거라는 믿음이 이런 주스를 만들어냈습니다. 주스를 봅니다. 맥락에 빠르게 적응한 음운들의 모습이 감쪽같습니다. 이런 논리로 과거 누군가의 것이었던 손이 또는 손이 아니었던 무언가가 지금 나의 손이 되었을지도 모른다는 상상을 계속합니다. 그런데 왜 내 손은 계속 남의 손만 같을까요. 사람이라는 것은 참으로 적응하기 힘든 문법 단위 같습니다. 이 주스를 한 번 더 갈면 다음과 같은 주스가 생길 수도 있겠지요.

모든 것은 당신의 죽음이다 떠 있는 당신의 사라진 전생이다 기억은 전생 되지 못하므로 피아를 식별할 수 없는 정글이다 정화된 심장으로 와서 몸에 엮여 또 이렇게 마모되고 더러워졌다 원한에 사무친 인연이었을 것이다 몸속의 나무엔 살아 있는 세포가 전멸했다 심재와 망각의

바다에도 굳센 삶 있었다 당신이 나를 사랑한다면 줄기와
가지를 지탱하는 죽음과 동거하겠지 당신이 나를 증오한
다면 당신은 나의 뒤통수였을 나무의 죽음과 동거하겠지
당신의 얼굴은 나의 죽음이다 나는 내 전생으로 동거한다
사라진 것은 모두 나의 섬이다 나의 얼굴은 전생이다 전
생을 기억하지 못하므로 무엇을 떠받치는 죽음이 될까 기
억되지 않아도 나는 어떤 당신과 동거한다 가라앉은 내
죽음일 것이다

　아직 적응이 더 필요해 보이는 이 주스는 어울리지 않
는 손을 가진 내 몸 같습니다. 이 주스는 이번 생에 마시
기 좋은 주스가 될 수 있을까요. 이 주스를 마시기 좋게
섞으려면 몇 번의 회전이 더 필요할까요. 이 주스의 원래
모습은 어떤 것이었을까요. 원래의 모습은 아름다웠을까
요. 원래의 모습이 과연 있었을까요. 나는 얼마나 어지러
운 회전을 거쳐 지금의 내가 되었을까요. 까마득한 생각
을 멈추고 주스를 따릅니다. 따르고 나서 보고 또 보니 이
주스도 주스 같아 내 얼굴에 깃들였을지 모를 당신의 눈
썹처럼 마시면 마시는 대로 마실 만해 보입니다.

주스를 마신 한순간이 또 전생으로 가라앉아 나는 도서
검색대가 보이는 도서관의 노트북 전용석에 있습니다. 검
색 전용 컴퓨터엔 누군가 남긴 검색 기록, 서가엔 자료를
찾아서 떠난 사람의 잔상, 그리고 저만치 당신이 마시는
커피 향기가 내게 섞이고 있습니다. 나와 당신은 과거에
무엇이었을까요. 당신과 나는 얼마나 오래 스칠까요. 이
스침은 그냥 스침으로 끝나고 말까요. 들리지 않는 내 말
이 이만치 당신과 섞여 쿵쿵 뜁니다. 내 얼굴에서 숨을 쉬
는 건 평화로운 당신의 침묵입니다.

늑대의 이빨 자국을 헤아리는 시간

임지훈(문학평론가)

시인이 시를 쓰는 모습을 상상할 때면, 사람들은 대개 두 가지의 모습을 떠올리곤 합니다. 하나는 원고지에 얼굴을 파묻은 채 골몰하며 고뇌하는 모습이고, 다른 하나는 마치 천재와 같이 일필휘지하듯 시를 써내려가는 모습입니다. 하지만 제가 선생님의 시집을 읽으며 떠올린 것은 둘 모두와 조금씩 달랐습니다. 제가 떠올린 모습은 마치, 아이가 장난감을 가지고 놀며 장난감 하나하나마다 나름의 이야기와 설정을 덧붙여가며 하나의 작은 세계를 만들어나가는 모습이었습니다. 그건 괴로워하며 글을 쓰는 시인의 모습이라기보다는, 우연히 만난 단어 하나하나를 매만지고 말을 걸며 상상을 덧붙여가는, 때로는 그것을 지워가며 계속해서 문장을 이어나가는 천진난만한 모습에 가까웠습니다.

그럴 법도 했던 것이, 제가 선생님의 시집에서 느낀 매력은 〈X-File〉이나 〈환상특급〉, 혹은 최근의 〈러브, 데스, 로봇〉과 같은 단편 옴니버스 작품들에서 느끼는 매력과 유사한 것이었기 때문입니다. 하나의 시적 주체로 환원될 수 없는, 개개의 시편에서 터져 나오는 매력적이고 개성적인 화자들의 목소리와 하나의 주제의식으로 환원될 수 없는 각기 다른 세계의 이야기들. 세계와의 근원적 불화와 주체의 소외라는 공통된 요인에도 불구하고, 이 모든 시적 운동이 어떤 특정한 요인의 구체화를 향한 점근선적 운동으로 환원될 수 없도록 만드는 다성적인 목소리와 위트 넘치는 상상들이 저에게는 선생님의 시집을 계속해서 읽게 만드는 동력 가운데 하나였습니다.

사실 선생님께서는 기억하지 못하시겠지만, 저는 선생님을 만난 적이 있습니다. 시를 막 배우기 시작한 때에, 당신의 첫 시집을 빌려주신 선생님께서 당신을 술자리에 부른 적이 있었습니다(부끄럽게도 저는 아직 그 선생님에게 당신의 시집을 반납하지 못했습니다. 선생님께선 이거 소중한 거라고, 꼭 돌려달라고 여전히 불평을 늘어놓고 있습니다). 그때 제가 만난 선생님의 모습은, 제 상상과 비슷하면서도 조금 달랐던 것 같습니다. 상상 속의 모습

과는 달리 선생님께서는 크지 않은 목소리와 몸짓으로 저의 사소한 물음들에 답해주셨던 것으로 기억합니다. 다정하고 상냥한, 하지만 왠지 모를 천진난만한 모습이 저는 왠지 소년처럼 느껴졌습니다. 아마 그게 제가 선생님께 남모를 내적인 친밀감을 지니게 된 가장 큰 이유일거라 생각합니다.

사실을 고백하자면, 저는 선생님의 시집을 오래도록 읽었습니다. 하지만 여전히 당신의 시는 저에게 한 손에 담아지지 않아서, 매번 새로운 의문을 추동하곤 하였습니다. 그리고 약간의 절망감도요. 나에게는 내가 좋아하는 것을, 내가 느낀 매력을 설명할 수 있는 언어가 없다는 사실에서 비롯되는 그 감각이, 제가 지금 이 발문 아닌 발문을 쓰고 있는 이유이기도 합니다. 저는 종종 당신의 시집을 꺼내 읽곤 합니다. 어떨 때는 진지하게 시적인 효과나 이미지의 배치 따위를 생각하며 읽기도 했고, 어떨 때는 아무런 생각 없이 활극을 보는 기분으로 당신의 시를 읽기도 했습니다. 여전한 건, 당신의 시는 나에게는 차마 다 이해할 수 없는 크기의 그림 같아서, 당신의 시를 쪼개어 읽을 수밖에는 없었다는 사실입니다. 마치 작은 창문 너머로 세계를 바라보고, 그것을 가늠하며 상상하고 혼자만의 이야기를 만들어보기도 하듯이……. 어쩌면 그래서 제가 유독 선생님의 시집을 오래도록 읽고 있는지도 모르겠습니다.

발문을 쓰기 위해 선생님의 시집 원고를 받아 읽었을 때, 제가 느꼈던 것 첫 감정은 반가움이었습니다. 여전히 여기에는 하나로 환원될 수 없는 다성적인 목소리들과, 하나의 주제로 겹쳐질 수 없는 다양한 감정과 감각들이 하나하나의 '시'가 되어 살아있었으니까요. 늑대와, 늑대의 이빨 자국을 바라보는 서로 다른 목소리들과, 스스로에 대해 고민하는 사람과, 악마를 실험하는 누군가와, 개로 변해가는 것이 두려운 '나'와 다락방에 앉아 정글북을 슬프게 깔고 앉은 아이가 공책 위에서 자신들만의 싸움을 벌이고 있었습니다. 여전히 그들은 제각각으로 저의 상상을 손쉽게 벗어나며 고유한 이미지들을 그려내고 있었고, 하나의 목소리로 환원할 수 없는 고유한 간극을 소유하고 있었습니다. 때로 당신의 시는 시간 너머로 사라진 과격파의 목소리처럼 들리기도 했고, 나무랄 수 없는 사람을 지나 "굿바이 미스터 트리"(『표피에 덮인 시간의 책』)라고 속삭일 때에는 그 설익은 농담이 더없이 친숙한 누군가의 목소리처럼 들리기도 하였습니다.

그리고 여기에는, 한층 깊어진 늑대의 이빨 자국이 담겨 있었습니다. 물론 이건 당신의 뜻과는 다른, 저만의 오독에 불과할지도 모르겠습니다만, 늑대 이빨 자국이라는 단어를 가만히 바라볼 때면, 그런 생각이 들기도 하였습니다. 수없이 쓰고 지우고, 다시금 그 위를 써나간, 설원 위를 가득 메운 발자국처럼 자국만이 남아버린 공책. 어쩌면 이 발문도 그런 것일지 모르겠습니다. 저 또한 이 발문을 쓰고 지우고 쓰고 다시 지우며 수없이 많은 이빨 자국을 남겨야만 했으니까요.

   "살기 위해 태어난 게 아니라 태어났기 때문에 사는 것처럼/글을 쓰기 위한 여백이 필요한 게 아니라 여백을 채울 글이 필요해"(「늑대 이빨이 부르는 소리」)라는 문장을 맞닥뜨렸을 때에는, 그런 생각이 들기도 하였습니다. 우리는 모두 제각각 취향을 가지고, 자신의 욕망을 가지고 살아가지만, 사실 그건 지루하고 지난한 삶을 채우기 위해 억지로 갖게 된 취향과 타인의 욕망을 흉내내는 것에 불과할지도 모른다는 생각. 사실은 아무런 취향도 없이 마치 취향과 욕망을 지닌 척 글을 쓰고 지울 뿐인 제가 탄로난 것 같아 파산한 기분이 들기도 하였습니다. "늑대여, 너는 빛이 아니다. 너는 찢어진 소리의 자식이다"(「표정은 빛의 속도로」)라는 문장에는 제 안에도 늑대가 있을까 생각하며 가슴뼈 사이를 손가락으로 긁어보기도 하였고, "악마가 바쁠 때 자기 대신/술을 보낸다지"(「글자만 남은 아침」)라는 문장을 읽을 때에는 제 삶의 이유를 찾은 것만 같은 기분이 들기도 했구요. 확실한 건, 이 모든 문장 아래로 깊게 패인 늑대의 이빨 자국이 남아 있다는 사실이겠지요. 당신이 쓴 문장 하나하나마다 그렇게 패인 이빨 자국을 느끼며, 시편들을 천천히 읽어나갔습니다.

어쩌면 이처럼 선생님의 시를 읽는 것은 구멍 뚫린 시트 너머로 간간히 사람을 바라보는 것과 같을지도 모르겠군요. 차마 전체를 바라보지는 못한 채, 문장 하나하나에 발목이 잡혀 골몰하는 모습 말입니다. 하지만 여전히 저에게는 당신의 시가 한 손에 잡히지 않아, 다만 문장들을 계속해서 곱씹으며 당신의 상을 그려볼 따름입니다. 처음에는 제가 그린 상을 여기에서 적어볼까 생각도 해보았습니다만, 그건 왠지 선생님의 시집을 받아볼 사람들에게 실례인 것만 같아, 이렇게 작은 이빨 자국을 남겨봅니다. 해설이 아닌 발문이라는 핑계를 대면서요. 지금 생각해보자면, 그건 내가 당신의 시를 감상하는 유일한 방법이 아닐까 하는 상상도 듭니다. 세상엔 차마 다 이해할 수 없기에, 경외하는 동시에 섬뜩함을 느끼며 오래 바라보게 되는 풍경도 있는 법이니까요. 그리고 발문을 빌어 말하자면, 이제 여기에는 당신의 시를 읽으며 자라 당신을 불쾌히 동경하는 사람들이 여전히 글을 쓰고 있다고도 전하고 싶습니다. "당신을 닮아 나도 나를 사랑하는 술잔의 식물"(「공책에 남은 늑대 이빨」)이 되었다고요.

　여전히 당신의 시를 모르고, 당신의 말도 모르지만, 늑대들은 여기에 오래도록 앉아 이빨 자국을 남기게 될 겁니다. 매력적이라고 느끼는 문장에는 밑줄을, 혹은 나름의 해석을 남기기도 하면서, 그 뒷장에 새로운 이빨 자국을 남기게 되겠지요. 우리의 개별적인 물음이, 당신의 시를 더욱 깊게 읽을 수 있는 유일한 방법이리라 믿으며, 저는 다시금 시집의 첫 장으로 돌아갑니다. 당신의 이야기에 여전히 두근거리며, 다시금 정주행하는 마음으로 말입니다.

박장호에 대하여

박장호의 시는 가볍지만 쉽게 날아가지 않는다. 가까이 머물지만 언제고 멀어질 태세다. 언어는 경쾌하고 탐색은 감각적이다. 시적 발상을 지지하는 그의 언어, 좌충우돌 종횡으로 파고든다. 장면이 전개될 때마다 구사되는 해학과 위트, 무수히 잠재된 감성을 깨어나게 한다. 망설이지 않는 언어, 그 자유로운 행보, 시적 균열을 방임하지 않는다. 비틀리며 펼쳐내는 그의 서사, 거리낌 없는 가벼움이다. 생동감으로 율동하는 언어들, 꿈틀대듯 작동하며 여기저기 출몰한다.

이덕주, 「격리 가능한 경이의 순간」, 《시와세계》 제54호.

우리에게 익숙한 서정시의 발화법이 미지未知의 것을 기지既知의 것으로 변환하는, 낯선 것을 익숙한 것으로 바꾸는 동일시, 감정이입 등인 반면 박장호의 시는 미지未知의 것을 미지未知의 상태로, 그럼으로써 낯선 세계를 향해 열어놓는 방식으로 전개된다.

고봉준, 「시적 발화의 두 가지 가능성」, 《계간 시작》 제63호.

K-포엣
글자만 남은 아침

2022년 7월 27일 초판 1쇄 발행

지은이 박장호
펴낸이 김재범
인쇄·제책 굿에그커뮤니케이션
종이 한솔PNS
펴낸곳 (주)아시아
출판등록 2006년 1월 27일 제406-2006-000004호
주소 경기도 파주시 회동길 445
전화 031.944.5058
팩스 070.7611.2505
홈페이지 www.bookasia.org

ISBN 979-11-5662-317-5(set) | 979-11-5662-602-2

값은 뒤표지에 있습니다.

K-픽션 한국 젊은 소설

최근에 발표된 단편소설 중 가장 우수하고 흥미로운 작품을 엄선하여 출간하는 〈K-픽션〉은 한국문학의 생생한 현장을 국내외 독자들과 실시간으로 공유하고자 기획되었습니다. 원작의 재미와 품격을 최대한 살린 〈K-픽션〉 시리즈는 매 계절마다 새로운 작품을 선보입니다.

바이링궐 에디션 한국 대표 소설 목록